UNE TACHE D'ENCRE

J'ai perdu mes parents très jeune. C'est à peine si je me souviens de leurs traits, et je ne me souviendrais pas de notre maison de la Châtre, si je n'avais été élevé non loin d'elle, vendue, il est vrai, et morte aussi pour moi. Oui, la Châtre, la destinée a de ces rigueurs : c'est là que je suis né; le lycée de la Châtre a dévoré jusqu'à la dix-huitième de mes années.

A peine bachelier, mon oncle et tuteur M. Brutus Mouillard, avoué à Bourges, m'envoie à Paris faire mon droit. J'y passe trois ans. Voilà qui est fait : je suis licencié depuis dix-huit mois, et j'ai prêté un serment qui m'a transformé en avocat stagiaire. Tous les lundis, régulièrement, je vais signer, sur une feuille de présence, et j'acquiers ainsi, paraît-il, des titres à la confiance de la veuve et de l'orphelin.

Pendant le cours de mes études juridiques, j'ai mené à bonne fin ma licence ès lettres. Je poursuis à présent le diplôme de docteur en droit. Mes examens ont été solides, non brillants : trop de goûts littéraires. Mon professeur, M. Flamaran, me l'a bien dit : « — La science du droit, jeune homme, est d'humeur jalouse; elle n'admet pas le partage du cœur! » Mon cœur est-il partagé? Je ne le crois pas, mais je ne l'avoue point à M. Mouillard, qui n'a pas encore oublié cette fredaine de la licence ès lettres. Il fonde quelques espérances sur moi, et, en retour, il est naturel que j'en fonde quelques-unes sur lui.

Aussi, jamais la tentation de noter quoi que ce fût ne m'était venue avant aujourd'hui 10 décembre 1884. Il m'est arrivé un événement grave cet après-midi. Une voix intime m'avertit que cette cause aura de nombreux effets, que je me trouve au début d'une époque, ou d'une crise de l'existence. Il m'a semblé que je me devais à moi-même d'écrire des Mémoires, et voilà pourquoi je viens d'acheter ce cahier brun sous les galeries de l'Odéon. J'y veux consigner le fait dans ses moindres détails, et, dans la suite, les conséquences qui en découleront.

Découler est le mot juste, car il s'agit d'une tache d'encre.

Elle est à peine sèche, ma tache d'encre, et large, et bizarre de forme, et vraiment monstrueuse, soit qu'on la considère par son côté physique, soit qu'on l'étudie sous le rapport moral. C'est à la Bibliothèque nationale que je l'ai faite, et sur... Mais n'anticipons pas.

Je vais souvent travailler à la Bibliothèque nationale, non pas dans la salle publique, mais dans celle des imprimés ouverte aux seuls lettrés munis d'un titre et pourvus d'une autorisation. J'ai dû passer devant la loge du concierge avant d'arriver jusqu'à l'huissier solenne assis derrière le tambour de la porte. L'huissier me connait. Il ne me demande plus ma carte. Une inclination de sa tête m'introduit dans le temple, et signifie positivement : « Vous êtes de la maison, bien qu'un peu jeune, entrez, monsieur. »

Et j'entre, et j'admire chaque fois les vastes proportions

du vaisseau, la décoration sévère des murs où courent de larges feuillages, les lambris faits de volumes usuels à hauteur de la main, l'aréopage de bibliothécaires et de conservateurs qui siège là-bas, sur une sorte de tribunal, au bout de l'avenue dont le tapis éteint tout bruit de pas, et, derrière encore, ce sanctuaire où travaillent les privilégiés d'entre les privilégiés, ceux, je suppose, qui appartiennent à deux ou trois Académies. A droite et à gauche de l'allée, des rangs de tables et de fauteuils dans lesquels se disperse, suivant les lois d'une fantaisie devenue habitude, la population savante de la Bibliothèque. Les hommes sont en grande majorité. Çà et là, et par aventure, on rencontre quelques femmes parmi ces hommes.

Plusieurs de ces doctes détournent la tête lorsque je passe, et me suivent de l'œil hébété du liseur encore chargé de la pensée écrite et inattentif à ce qu'il perçoit. Puis, tout à coup, le remords de la distraction les prend, ils me trouvent fâcheux, une lueur fauve d'impatience anime leur regard, et chacun se replonge dans le volume ouvert. Mais j'ai eu le temps de deviner leurs intimes exclamations : — Et toi, que viens-tu faire ici, éphèbe? Que peut-on écrire à ton âge? Pourquoi troubles-tu la paix de ce lieu vénérable? — Hélas, messieurs, ce que je viens faire? ma thèse de doctorat. Mon oncle et ancien tuteur, M. Brutus Mouillard, avoué à Bourges, me presse de finir. « Assez de théories, m'écrit-il, aux affaires! Passe encore de rechercher ce diplôme, mais quelle idée de choisir un pareil sujet! »

Le fait est que le sujet de ma thèse romaine a été artistement choisi pour prolonger mon séjour à Paris : « Des Latins Juniens ». Oui, messieurs, un sujet neuf, à peu près impossible à élucider, sans aucune corrélation, même lointaine, avec l'exercice d'une profession quelconque, sans la moindre utilité pratique.

Il est vrai que j'entremêle à mes recherches quelques lectures plus attrayantes, et plus d'une visite aux Expositions, et plus d'une soirée aux Français. Mon oncle n'en sait rien. Pour le calmer, j'ai soin de faire renouveler chaque mois ma carte de lecteur, et chaque mois de lui envoyer la carte périmée signée de M. Léopold Delisle. Il en a toute une boîte. Et, dans l'ingénuité de son cœur, M. Mouillard admire tout bas ce neveu, nouveau bénédictin, qui passe ses journées à la Bibliothèque nationale, ses nuits avec Gaïus, occupé uniquement des Latins Juniens, indifférent à tout ce qui n'est pas Latin Junien dans ce Paris que mon oncle appelle encore la Babylone moderne. J'arrivais donc ce matin, dans les plus laborieuses dispositions, lorsque le malheur advint. Près du bureau où siègent les bibliothécaires, il y a deux pupitres où l'on rédige les bulletins de demande. J'écrivais à celui de droite auquel aboutit le premier rang de tables. Tout le mal est venu de là. Si j'avais écrit à gauche, rien ne se serait produit. Mais non : je venais d'indiquer le moins illisiblement possible le titre, l'auteur, le format d'un certain ouvrage sur les antiquités de Rome, lorsque, en posant le porte-plume que retient une chaînette de cuivre, je ne sais quelle distraction, je ne sais quelle imprudence, le guignon pour tout dire, me fit placer l'instrument en équilibre instable sur le bord du pupitre. Il tombe, j'entends le bruit de la chaînette qui se déroule, il tombe encore, puis s'arrête net. Le mal est fait. La brusque secousse de l'arrêt a détaché du bec de la plume une goutte d'encre énorme, et la goutte... Ah ! je le vois encore surgir de l'ombre du pupitre, ce petit homme blanc, maigre et furieux.

— Maladroit ! Tacher un incunable !

Je me penchai. Sur le feuillet d'un in-folio, près d'une majuscule ornée, le pâté noir s'était écrasé. Autour de la sphère primitive, des éclaboussures de toutes formes avaient jailli, rayons, fusées, lignes de points, fers de lance, tout l'imprévu du chaos; puis, l'inclinaison s'en mêlant, les canaux s'étaient vidés, et à présent un ruisseau noir descendait en serpentant vers la marge. Quelques voisins s'étaient levés, et me regardaient avec des yeux de juge d'instruction. Je m'attendais à un esclandre, immobile, stupide, murmurant des mots qui ne réparaient rien : « Quel malheur! Je suis désolé! Si j'avais su! » Le lecteur de l'incunable ne bougeait pas non plus : nous regardions tous deux la tache couler. Soudain, il fouilla avec une activité fiévreuse dans sa serviette de marocain, en retira une feuille de papier buvard, et se mit à éponger l'encre avec les précautions d'une sœur de charité qui laverait une blessure. J'en profitai pour me retirer discrètement jusqu'au troisième rang de tables où le garçon venait de déposer mes livres. La peur est si bête! Peut-être qu'en ne disant plus rien, en disparaissant, en cachant ma tête dans mes mains comme un homme accablé sous le poids de sa responsabilité, je désarmerais cette colère? J'essayais de le croire. Mais je comprenais bien que tout n'était pas fini. A peine assis, je levai les yeux. J'aperçus alors, entre mes doigts, le petit homme blanc qui se tenait debout et gesticulait auprès d'un des conservateurs. Tantôt il frappait avec l'index la pièce à conviction, tantôt il me désignait en se détournant à moitié, et je devinais, sans rien entendre, toute l'âpreté des termes dont il usait contre moi. Le conservateur me parut ému. Je me sentais rougir. « Il doit y avoir, pensais-je, une loi contre les taches d'encre, un décret, un règlement, quelque chose qui protège l'incunable. Et la sanction doit être terrible, puisque ce sont des savants qui l'ont faite : l'expulsion sans doute, en outre de l'amende, une amende énorme. Ils sont en train de me dévaliser là-bas. Ce cahier qu'ils compulsent est évidemment le catalogue de la vente où ce trésor fut acheté. Je vais rembourser l'incunable. O mon oncle Mouillard ! »

J'en étais là de mes tristes pensées, lorsqu'un garçon de salle, que je n'avais pas vu s'approcher, me toucha l'épaule :

— Monsieur le conservateur vous demande.

Je me levai, et j'allai. Le terrible lecteur avait regagné sa place.

— C'est vous, monsieur, qui avez taché l'in-folio ?

— Oui, monsieur.

— Vous ne l'avez pas fait avec intention ?

— Certes non, monsieur, je regrette beaucoup l'accident.

— Vous avez raison.

— Veuillez me laisser vos noms, profession et domicile.

J'écrivis : Fabien-Jean-Jacques Mouillard, avocat, 91, rue de Rennes.

— Est-ce tout ? demandai-je.

— Oui, monsieur, tout pour le moment. Mais je vous préviens que monsieur Charnot est fort mécontent. Il serait à propos de lui faire des excuses.

— Monsieur Charnot ?

— C'est le membre de l'Institut qui lisait l'incunable.

« Bonté divine ! soupirai-je en revenant à mon fauteuil, ce doit être de lui que m'a parlé mon président de thèse ! M. Flamaran est de l'Académie des Sciences morales et politiques, l'autre des Inscriptions et Belles-Lettres. Charnot ? Oui, j'ai cette consonance dans l'oreille. La dernière fois que je l'ai vu, il m'a lancé un « mon excellent ami Charnot, des Inscriptions ». Ils sont intimes. Et me voilà en jolie situation : menacé de je ne sais quoi de la part de la Bibliothèque car le conservateur m'a positivement dit que c'était tout pour le moment mais non pour l'avenir.

» Il faut faire des excuses. Voyons, que lui dirais-je à M. Charnot? En réalité, c'est à l'incunable que je devrais des excuses. Je n'ai pas taché M. Charnot; faux-col et manchettes, il est immaculé; le pâté, les éclaboussures, tout a été pour l'incunable. Je lui dirai : « Monsieur, je » regrette vivement de vous avoir si malheureusement » troublé dans vos savantes recherches. » Savantes recherches le flattera. Ce sera un puissant lénitif. »

J'allais me lever. M. Charnot me prévint.

La parole aiguë de la douleur n'est pas tout au début. Je le vis s'avancer plus nerveux, plus irrité qu'au moment de l'accident. Au-dessus de son menton étroit et rasé, un mouvement de colère allongeait ses lèvres. Son bras tremblait sur son portefeuille. Il me jeta un regard tragique, et passa.

Eh bien! passez, monsieur Charnot, on ne fait pas d'excuses à un homme en colère. Vous en aurez plus tard, quand nous nous reverrons... si nous nous revoyons jamais.

28 décembre 1884.

Je suis allé cet après-midi chez M. Flamaran. Il y a huit jours que j'y songeais, mes Latins Juniens se trouvant en détresse.

Mais il me reste une ressource : M. Flamaran qui sait tant de choses.

M. Flamaran est du Midi, de Marseille, si je ne me trompe. Ce n'est pas un romaniste, mais comme il est universel, cela revient au même. De bonne heure il a été célèbre, et à juste titre : peu de jurisconsultes sont aussi nets, aussi sûrs, aussi bien disants. Il professe à merveille. Ses consultations sont recherchées.

M. Flamaran est de la vieille école professorale, austère, et aux examens la terreur des candidats. Quand il est en robe, il refuserait son fils. Rien n'y fait. Les recommandations l'indisposent. Les patients les plus Roumains, les Japonais les plus authentiques ne trouvent pas plus grâce devant ses yeux que les faux bègues, les faux sourds ou les mines convalescentes obtenues du matin. Ses mots d'examinateur sont célèbres; il a eu des plaisanteries macabres, celle-ci, par exemple, cette apostrophe à l'une de ses victimes : — Vous faites votre droit, monsieur, et l'agriculture manque de bras! — Pour moi, j'ai conquis ses bonnes grâces dans une circonstance que je me rappellerai toute ma vie. Je passais mon premier examen. Nous causions, ou plutôt je le laissais disserter sur la tutelle, opinant du bonnet à ses doctes explications. Tout à coup il s'interrompt : — Combien s'est-il formé d'opinions là-dessus? — Deux. — Il y en a une absurde. Laquelle? Je vous pique une noire si vous vous trompez! — Je réfléchis trois secondes, trois instants d'agonie, puis je lançai au hasard : — C'est la première, monsieur! — J'avais deviné juste. Nous étions amis.

Pour me rendre chez M. Flamaran, je n'ai qu'à traverser le Luxembourg, un chemin que j'aime, le chemin des grands écoliers. Me voici à sa porte.

Il est bien là, en effet, enveloppé de sa robe de chambre dans son cabinet surchauffé, qui hésite, se remet, me tend les bras.

— Voilà mon Latin Junien. Comment allez-vous?

— Très bien, monsieur Flamaran; ce sont mes Latins Juniens qui vont mal.

— Pas possible? Nous allons voir cela. Mais, d'abord, je

ne me souviens plus d'où vous êtes, et j'aime à savoir d'où sont les gens.

— De la Châtre. Seulement, je passe mes vacances à Bourges, chez mon oncle Mouillard.

— Vous êtes marié, jeune homme?

— Non, monsieur Flamaran, mais je n'y répugne pas.

— Mariez-vous de bonne heure. Le mariage est la sauvegarde de la jeunesse. Il y a bien quelques gentilles héritières, à Bourges?

— Des héritières, sûrement. Pour gentilles, à la distance où je suis...

— Évidemment, à la distance où vous êtes... Vous ferez comme moi : on se renseigne, on va voir! C'est une jolie ville, Bourges.

— Oui, en été.

— Et bien plantée. Je me souviens d'une bien belle affaire que j'ai gagnée là. J'avais pour adversaire un de mes savants collègues. Nous avions donné chacun une consultation, en sens contraire naturellement. Je l'ai battu, ah! mais, battu!

— Complètement.

Enfin M. Flamaran voulut bien se souvenir que j'étais venu pour causer de Latins Juniens.

— Quels textes vous arrêtent?

— L'absence de textes, monsieur Flamaran. Je voudrais savoir si les Latins Juniens n'avaient pas un costume à eux.

— C'est trop juste.

Il se gratta l'oreille.

— Gaïus ne dit rien là-dessus!

— Non.

— Ni Papinien?

— Non.

— Ni Justinien?

— Non.

— Alors je ne vois qu'une ressource.

— Laquelle?

— Allez voir Charnot.

Je me sentis pâlir, et ce fut d'un air piteux que je balbutiai :

— Monsieur Charnot, de l'Acad...

— De l'Académie des Inscriptions, mon intime ami, qui vous recevra comme un fils, il n'en a pas, le pauvre garçon.

— La question n'est peut-être pas assez importante pour que j'aille ainsi...

— Comment, pas assez importante? Toutes les questions sont importantes quand elles sont neuves. Charnot s'occupe de médailles : médailles et costumes, c'est un. Je vais lui écrire pour lui annoncer votre visite.

— Je vous en prie, monsieur Flamaran.

— Si, si, je vais lui écrire, dès ce soir. Il sera enchanté de vous voir. Je le connais, voyez-vous. Il est comme moi. Il aime les jeunes gens qui travaillent.

M. Flamaran me tendit la main :

— Au revoir, jeune homme, et sitôt docteur marions-nous!

9 heures du soir.

C'est décidé. J'irai chez M. Charnot. Mais je passerai auparavant chez son libraire pour avoir plusieurs petits renseignements sur les travaux scientifiques de cet homme célèbre que j'ignore tout à fait.

31 décembre.

Il demeure rue de l'Université.

J'en reviens. J'ai été reçu. Je le dois à une surprise, à un oubli de consigne.

Quand j'entrai, cinq heures sonnant, il faisait tourner

au-dessus de la lampe une spirale en papier pour amuser sa fille, lui, membre de l'Institut, elle, fille de dix-huit ans. Voilà donc à quoi ils s'occupent hors séances, ces pontifes!

C'était dans le cabinet plein de bibliothèques ouvertes, vitrées, hautes, basses, à colonnes ou sans colonnes. Il était assis devant la table, le dos au feu, un bras levé, tenant une épingle à cheveux, pivot de la spirale qui tournait lestement. De l'autre côté, sa fille debout, courbée, le menton dans ses deux mains, riait à belles dents, par besoin de rire, de répandre sa jeunesse et de réjouir ce vieux père qui la regardait, charmé.

Je dois avouer que le tableau était joli, et que M. Charnot ressemblait très peu en ce moment à celui qui m'était apparu derrière le pupitre.

La contemplation ne fut pas longue.

Dès que j'eus soulevé la portière, la jeune fille se redressa vivement, et tourna la tête de mon côté avec un petit air hautain qui cachait, je pense, un peu de confusion. M. Charnot ne se leva pas, mais entendant venir quelqu'un, fit faire demi-tour à son fauteuil, tandis que ses yeux encore éblouis de lumière cherchaient l'importun dans la pénombre du cabinet.

Je me sentais deux fois mal à l'aise devant ce lecteur d'incunable et devant cette enfant rieuse.

— Monsieur, commençai-je, je vous devais des excuses...

Il me reconnut. La jeune fille fit un mouvement.

— Reste, Jeanne, reste, ce ne sera pas long : Monsieur vient pour excuses.

— J'ai beaucoup regretté, monsieur, cet accident de l'autre jour... J'ai maladroitement posé le porte-plume en équilibre, équilibre instable... J'ignorais d'ailleurs qu'il y eût un lecteur derrière le pupitre. Évidemment, si je l'avais su, j'eusse... j'eusse agi différemment.

M. Charnot me laissait me noyer avec la satisfaction recueillie d'un pêcheur qui tient un gardon au bout de sa ligne. Il avait l'air de me trouver si bête que j'en étais bête en effet. Et puis aucune réponse, rien. Le silence n'est pas, hélas! que la leçon des rois. C'est bien celle de tout le monde. Je trouvai encore deux ou trois formules aussi platement malheureuses qu'il reçut avec le même sourire fin et le même silence.

Pour me tirer d'embarras :

— Monsieur, lui dis-je, je venais également vous demander un renseignement scientifique.

— A votre disposition, monsieur.

— Monsieur Flamaran a dû vous écrire à ce sujet?

— Flamaran?

— Oui, il y a trois jours.

— Je n'ai rien reçu. N'est-ce pas, Jeanne?

— Non, père.

— Ce n'est pas la première fois que mon excellent collègue promet d'écrire et n'écrit pas. Peu importe, monsieur, vous m'êtes tout présenté.

— Monsieur, j'achève mon doctorat.

— Es lettres?

— Non, en droit, mais je suis licencié ès lettres.

— Vous ferez sans doute votre médecine après?

— Oh! monsieur!

— Pourquoi pas, quand on collectionne les titres? Vous avez donc des dispositions littéraires?

— On me l'a dit.

— Un certain penchant très vif, n'est-ce pas, aux compositions poétiques?

— Mon Dieu, oui.

— Je connais le cas : les parents forcent au droit, la nature incline aux lettres; officiellement Cujas, secrètement les Muses! le Digeste ouvert sur la table et des vers dans tous les tiroirs! C'est bien cela?

Je m'inclinai. Il jeta un coup d'œil du côté de sa fille.

— Eh bien, monsieur, je vous avoue que je ne comprends pas, mais absolument pas, cette manière de faire. Pourquoi ne pas suivre la nature? Vous n'avez plus de volonté, vous autres jeunes gens, soit dit sans vous offenser, monsieur. J'avais dix-sept ans, moi, quand j'ai commencé à m'occuper de médailles. Ma famille me destinait à l'enregistrement : oui, monsieur, à l'enregistrement. Contre moi j'avais deux grands-pères, deux grand'mères, mon père, ma mère et six oncles, tous furieux. Je n'ai pas cédé, et cela m'a mené à l'Institut. Est-ce vrai, Jeanne?

Elle répondit, avec un balancement de tête et très gentiment :

— Mais, mon père, tout le monde ne peut pas être de l'Institut.

— Il s'en faut de beaucoup, Jeanne; monsieur, par exemple, se livre à un genre d'inscription sur vélins qui ne le rendra jamais mon collègue. Docteur en droit et licencié ès lettres, vous serez notaire, monsieur?

— Pardon, monsieur, avoué.

— J'en étais sûr. Vois-tu, Jeanne, c'est un dilemme dans les familles provinciales : être avoué, si l'on n'est pas notaire, être notaire si l'on n'est pas avoué.

M. Charnot parlait avec un demi-sourire exaspérant. J'aurais dû rire, parbleu, je le sais bien, avoir de l'esprit, celui tout au moins de me taire, de ne pas répondre aux agaceries de ce savant vindicatif. Au lieu de cela, j'eus la sottise de me piquer, de perdre la tête.

— Que voulez-vous, répondis-je, il me faut une carrière lucrative. Tout le monde ne peut pas être de l'Institut, comme l'a dit mademoiselle; tout le monde ne peut pas se donner le luxe de publier à ses frais des ouvrages qui se vendent à vingt-sept exemplaires.

Je m'attendais à un coup de foudre, à quelque chose comme une explosion de dynamite. Pas du tout. M. Charnot sourit tout à fait, d'un air extrêmement bonhomme :

— Je vois que vous consultez volontiers les libraires, monsieur.

— Mais oui, monsieur, à l'occasion.

— C'est fort joli déjà, à votre âge, d'être de cette force en bibliographie. Vous me permettrez toutefois d'ajouter quelque chose aux notions que vous possédez. Le gros succès est un point de vue, mais faux. Vingt-sept exemplaires, quand ils sont lus par vingt-sept hommes d'esprit, cela vaut une popularité.

Mademoiselle Jeanne l'avait pris autrement. La tête haute, la joue empourprée, elle me jeta du bout des lèvres, avec une moue souveraine :

— Il y a des succès d'estime, monsieur !

J'en étais bien convaincu, hélas ! et je n'avais pas besoin de cette nouvelle leçon pour apercevoir toute l'inconvenance de mes paroles, pour me sentir compromis dans l'esprit de monsieur et de mademoiselle Charnot. Elle me fut cruelle, cependant. Il n'y avait plus qu'à brusquer la sortie. Je me leva .

— Mais, me dit M. Charnot du ton le plus poli, il me semble que nous n'avons pas traité cette difficulté qui vous amenait.

— Je ne voudrais pas, monsieur, abuser davantage de vos instants.

— Comment donc ! Il s'agit ?

— Du costume des Latins Juniens.

— C'est une question difficile, comme la plupart de celles qui touchent au costume. Avez-vous consulté les dix-sept volumes de l'Allemand Friedchenhausen ?

— Non.

— Vous avez au moins lu, sur la parure dans l'antiquité, l'Anglais Woodsmith?

— Pas davantage.

— Eh bien! parcourez deux ou trois traités de numismatique. Vous aurez chance d'y trouver une piste.

— Merci, monsieur, merci.

Il me reconduisit jusqu'à la porte.

En me détournant, j'aperçus mademoiselle Jeanne immobile, avec son même air de Diane offensée, qui tenait entre ses doigts roses la spirale reconquise.

Et me voilà dehors!

Ai-je été assez maladroit, assez malhonnête, assez malheureux! Venir pour s'excuser et aggraver l'offense! Ces choses-là n'arrivent qu'à moi. Et cette jeune fille, je l'ai blessée. Elle m'avait défendu pourtant; elle avait dit à son père un : « Tout le monde ne peut pas être de l'Institut! » qui signifiait : « Pourquoi tourmentez-vous ce jeune homme, mon père? Il est confus, il est embarrassé, il me fait pitié. » Pitié, c'est bien le sentiment qu'elle a dû éprouver pour moi tout d'abord. Puis est venue cette sortie impertinente sur les vingt-sept exemplaires, et mademoiselle Jeanne, à l'heure qu'il est, me hait certainement; oui, elle me hait. Je ne sais pas de pensée plus pénible. Mademoiselle Charnot a beau n'être pour moi qu'une étrangère, qu'une apparition fugitive dans ma vie, sa colère me pèse, et sa moue dédaigneuse me poursuit.

J'ai rarement été plus mécontent de moi-même et des autres. Il me faut une diversion, une distraction, quelque chose qui fasse oublier. Et, pour rentrer chez moi, je commence par descendre jusqu'à la Seine par la rue de Beaune.

Même jour, huit heures du soir.

Me voici rentré dans mon cabinet de travail. Il y fait froid. Madame Menin, qui prend soin de mon ménage, a laissé mourir le feu.

Huit heures... Et M. Charnot? Je suppose qu'il continue à faire tourner la spirale.

Les hommes graves s'amusent à des riens, vraiment. Je suis peut-être un homme grave : tout m'amuse... A propos, est-elle blonde ou brune, mademoiselle Jeanne? Voyons, recueillons nos souvenirs... Mais certainement elle est blonde; je revois les reflets dorés, sous la lampe, des cheveux légers qui frisent autour de ses tempes. Elle a un aimable visage, d'ailleurs, cette jeune fille, pas régulier, mais rose, ouvert, et puis l'air vivant qui manque à tant de jolies femmes...

Madame Menin a encore oublié quelque chose, c'est de fermer ma fenêtre. Elle en veut à mes jours! Madame Menin croit à la métempsycose. Si jamais elle renaît, ce sera dans le corps d'un étourneau...

Je viens de fermer la fenêtre. La nuit est calme, avec des étoiles voilées et tremblotantes. L'année finit mélancoliquement.

Pas un ami ne viendra frapper à ma porte, pas un. J'ai bien quelques camarades auxquels je donne ce titre. Mais nous ne nous voyons guère. Que viendraient-ils faire ici? Les rêveurs ne se confient pas, ils se dérobent; ils s'en vont aux quatre vents du ciel; la politique les agace; une nouvelle les laisse indifférents; les douleurs qu'ils se créent n'ont de remède que les joies qu'ils inventent; ils ne sont naturels que lorsqu'ils se trouvent seuls, et ne causent bien qu'avec eux-mêmes.

Ce travers d'esprit, un seul me l'a pardonné : c'est Sylvestre Lampron. Il a près de vingt ans de plus que moi. C'est pour cela qu'il est indulgent. D'ailleurs, entre un rêveur comme moi et un artiste comme lui, il n'y a que la distance du métier.

Presque toujours quand j'arrive chez lui, je le trouve assis devant une petite fenêtre aux vitres dépolies, dans un coin de l'atelier, courbé sur quelque gravure. J'ai la permission d'entrer à n'importe quelle heure; il a celle de ne pas se déranger. Sans lever les yeux, sans savoir au juste qui vient d'ouvrir la porte, il répond : bonjour! puis continue la hachure commencée. Je m'installe alors sur le canapé du fond, recouvert d'une housse fanée, et je suis libre; jusqu'à ce que Lampron veuille bien me donner audience, de dormir, de fumer ou de feuilleter les merveilleux cartons appuyés le long du mur. Il y a là des trésors inestimables, car Lampron est un artiste de génie, qui n'a que le tort de vivre et d'être modeste : aussi ne lui accorde-t-on encore qu'un immense talent. On devine, à parcourir ses œuvres, sa préférence pour les vieux maîtres, Pérugin, Fra Beato, Botticelli, Memling, Holbein, qui ne sont pas les maîtres à la mode, mais qui sont demeurés ceux de la vigueur du trait, de la simplicité, de la grâce naïve, de l'émotion vraie. Il a copié à l'huile, à la gouache, à la plume, au crayon, presque tous les tableaux de ces peintres, au Louvre, en Allemagne, en Hollande, en Italie surtout où il a longtemps vécu.

Quand il est riche, ce qui arrive, ce n'est jamais pour longtemps. Une partie de ce qu'il a reçu passe en aumône, l'autre dans la besace des confrères mendiants. Et, de tout ce qu'il a gagné, la gloire seule lui reste. Encore n'en prend-il que le moins qu'il peut, humble, retiré, fuyant les fêtes. Je crois qu'il n'aurait souvent pas de quoi vivre sans sa mère qu'il fait vivre et qui lui rend ce grand service d'avoir besoin de quelque chose.

Je l'aime, mon ami Lampron, avec la pleine conscience de sa supériorité. Son énergie me remonte, son conseil m'affermit, il peuple pour moi la solitude profonde de Paris.

Si j'allais le voir? Veiller seul ce soir, c'est plus triste que de coutume. La mort de l'année amène des pensées tristes, 31 décembre, Saint-Sylvestre... Saint-Sylvestre! mais c'est sa fête! O ingrat qui n'y songeais pas! Vite, prends ton pardessus, ta canne, ton chapeau, et cours, avant qu'ils n'aient gagné le lit, ces deux réveille-l'aube!

Même jour, onze heures du soir.

Quand j'entrai dans l'atelier, Lampron était tellement absorbé qu'il ne m'entendit pas.

Je frappai du pied.

Lampron tressaillit, et se tourna à demi. Ses yeux se plissèrent pour fouiller l'ombre.

— Ah, c'est toi! dit-il.

Et, se levant, il s'avança rapidement vers moi, comme pour m'empêcher d'approcher de la table.

— Tu ne veux pas que je voie?

Il hésita un instant.

— Au fait, répondit-il, pourquoi pas?

La planche de cuivre était à peine rayée de quelques traits de pointe.

Il tourna tous les faisceaux lumineux du réflecteur vers le modèle.

— Oh! l'admirable tête, Lampron!

Elle était adorable, en effet, cette tête d'adolescente italienne, posée de trois quarts, peinte à la manière de Léonard, avec des lignes fendues et fortes, des reflets, des dégradations de teintes d'une douceur infinie, ayant, comme les portraits de femmes du maître, un regard droit, qui va toujours au delà du vôtre, et qu'on interroge en vain. Les cheveux bruns, avec des scintillements d'or, se modelaient en bandeaux sur les tempes. Le cou, un peu long, sortait d'une robe sombre indiquée largement.

— Je ne connaissais pas cela, Sylvestre?

— Non, c'est une vieillerie.

— Un portrait, évidemment?

— Mon premier.

— Tu n'as jamais fait mieux : le dessin, la couleur, la vie, tout y est.

— Tu ne retrouverais pas un pareil modèle, et c'est une raison.

— Oh! non, tu dis bien, je ne le retrouverais pas.

— Quelque Italienne de haut rang, une princesse, peut-être?

— A peu près.

— Qu'est-elle devenue?

Eh! sans doute ce que deviennent les princesses. Fabien, mon jeune ami, qui vois encore la vie à travers les contes de fées, tu dois lui supposer un sort heureux, te la représenter riche, très gâtée, très adulée, parlant du bout des lèvres, sur la terrasse de sa villa aux grands pins, tandis que la nuit tombe, de ce barbare d'au delà des Alpes qui fit son portrait à vingt ans.

— Oui, je la vois ainsi, très belle encore.

— Elle est morte, mon cher, et cette idéale beauté est réduite à quelques os blancs au fond d'une tombe.

— Pauvre fille!

Sylvestre, en me parlant, avait pris un ton de sarcasme qui ne lui était pas habituel. Il cachait une douleur que j'avais, sans le vouloir, avivée.

— Mon ami, lui dis-je, laisse tout cela. Je viens te souhaiter ta fête et t'embrasser.

— Ma fête! c'est vrai, ma pauvre mère me l'a souhaitée ce matin, puis je me suis mis au travail, et j'ai oublié le reste. Tu as bien fait de venir. Elle aurait de la peine, la chère femme, si aujourd'hui je ne passais pas un bout de soirée près d'elle. Allons la retrouver.

Et nous sortîmes de l'atelier pour rentrer dans le petit salon de madame Lampron.

Elle était assise près d'un guéridon, tricotant des bas, les pieds sur sa chaufferette. Son bon vieux visage épais et ridé nous sourit.

— Vous êtes un bon ami, monsieur Fabien. Jamais une Saint-Sylvestre ne s'est fêtée ici sans vous, depuis que vous habitez Paris.

— Pourtant, madame, je manque ce soir à mes traditions : je n'ai pas de bouquet. Mais Sylvestre m'a raconté que vous veniez de recevoir des fleurs du Midi, d'un créancier malheureux.

Je ne sais quel effet ces mots produisirent sur elle. Elle qui ne s'interrompait de tricoter, ni pour écouter, ni pour parler, posa son ouvrage sur ses genoux, et, fixant sur moi ses yeux où perçait une inquiétude :

— Il vous a raconté?

Lampron qui tisonnait le feu, se détourna.

— Non, mère, je lui ai seulement dit que nous avions reçu un panier de fleurs. C'est une maigre confidence. Mais, quand même il saurait tout? N'est-il pas assez notre ami pour tout savoir? Il y a longtemps que ce serait fait, si ce n'était une cruauté de partager entre trois le poids d'un chagrin qu'on peut porter à deux.

Elle ne répondit rien, et se remit à tordre la laine entre ses aiguilles, mais agitée, et songeant au dedans à quelque chose de triste.

Pour détourner la conversation, je leur fis le récit de ma double mésaventure à la Bibliothèque nationale et chez M. Charnot. Je tâchais d'être drôle et je croyais y réussir. La vieille mère souriait faiblement. Lampron demeurait sombre, et hochait la tête d'un air d'impatience. Je terminai en disant :

— Bénéfice net, deux ennemis, dont l'un charmant.

— Oh! les ennemis, dit Sylvestre, c'est une génération spontanée. On n'y peut rien, et les grands chagrins ne viennent pas d'eux. Mais défie-toi des ennemis charmants.

— Elle me déteste, je t'en réponds; si tu l'avais vue!

— Et toi?

— Moi? elle m'est indifférente.

— En es-tu sûr?

Il me demandait cela gravement, sans me regarder, en roulant une allumette de papier.

Je me mis à rire.

— Qu'as-tu donc aujourd'hui, misanthrope? Je t'assure qu'elle m'est parfaitement indifférente. Mais, quand il en serait autrement Sylvestre, où serait le crime?

— Le crime? Il n'y en aurait pas, parbleu! Seulement, je m'inquiéterais pour toi, j'aurais peur. Vois-tu, mon cher, je te connais : tu es né littérateur, rêveur, artiste à ta manière : tu n'as, pour t'engager dans la redoutable aventure d'un amour quelconque, ni esprit de suite, ni sang-froid, ni résolution; les impressions seules te guident, t'abattent ou te relèvent; tu n'es qu'un enfant!

— Je le veux bien, et après?

— Après? dit-il en se levant et avec une animation extraordinaire, j'ai connu jadis quelqu'un qui te ressemblait et dont la première tendresse, inconsidérée, mais profonde comme serait la tienne, a brisé le cœur pour jamais. Car ça se brise, le cœur, mon cher, et c'est une porcelaine qui ne se raccommode pas!

La mère de Lampron l'interrompit de nouveau, d'un air de reproche.

— Il est venu pour te souhaiter ta fête, mon enfant.

— C'est un jour comme un autre pour recevoir un bon avis, mère. D'ailleurs, puisqu'il ne s'agit ici que d'un de mes amis? L'histoire n'est pas longue, Fabien, et elle est instructive. Je vais te la résumer. Il était très jeune, mon ami, très enthousiaste. Il courait les musées de l'Italie, son pinceau à la main, et dans le cœur, la chanson ininterrompue de sa jeunesse en fête. Il admirait, il copiait, il s'imprégnait de la beauté lumineuse des paysages et des peintures d'Italie. Or, un jour, il eut l'imprudence d'aimer une fille noble dont il peignait le portrait, de le lui dire, et de se faire aimer d'elle. Il croyait alors que l'art rapproche les distances et que l'amour les efface. On n'a jamais dit sottise plus amère. Il l'a bien vu, il a essayé de lutter contre la révolte des parents, contre lui, contre elle-même, également impuissant partout, vaincu partout... Et la fin! Veux-tu savoir la fin? La jeune fille, emmenée au loin, atteinte d'un mal rapide, morte bientôt; lui, tombé de ses rêves, meurtri, fuyant aussi, et si faible encore contre cette douleur, après de longues années, qu'il ne peut y penser sans pleurer.

Lampron pleurait, en effet, lui si fort d'habitude. Les larmes roulaient sur sa barbe blonde, un peu blanche au milieu. Il continua :

— J'ai gardé le portrait, celui que tu as vu, Fabien. Ils voudraient l'avoir là-bas. Ce sont de pauvres vieux à présent. Chaque année ils me la demandent, cette relique de nos communes douleurs; chaque année ils m'envoient, vers cette époque, un panier de fleurs blanches, des lilas surtout, la fleur de la morte, et cela veut dire : « Abandon-
» nez-nous ce qui reste d'elle, le chef-d'œuvre que votre

» jeunesse a fait avec la sienne. » Mais je suis égoïste, Fabien, je suis jaloux comme eux de toutes les douleurs que ce portrait me rappelle, et je refuse... Voyons, mère, où sont les fleurs? J'ai promis à Fabien de les lui montrer.

Il enleva et apporta une caisse de bois blanc.

— Tiens, dit-il, c'est la corbeille de noces!

Et il la vida sur la table.

Des violettes de Parme, des lilas, des camélias blancs, de la mousse, roulèrent en jonchées légèrement ternies.

Il considéra un instant ces grappes amoncelées, débordant de la table.

— Je n'en garde rien, moi, dit-il; j'ai trop de mes souvenirs. Ah! fleurs maudites!

Il les ramassa d'un tour de bras, et les jeta sur les charbons du foyer.

— Maintenant, je retourne à l'eau-forte. Au revoir, Fabien; à demain, mère.

Puis, sans se détourner, il quitta l'appartement, et rentra dans l'atelier.

1er janvier 1885.

1er janvier! Quand on n'est pas oncle et qu'on n'est plus filleul, qu'on n'appartient à aucune administration et qu'on va peu dans le monde, le nombre des visites du premier de l'an est bien restreint. J'en ferai cinq ou six cet après-midi; je ne serai reçu nulle part... et voilà mes étrennes!

Non, je me trompe : j'ai eu des étrennes, puisque ma concierge est montée tout à l'heure et qu'elle souriait.

— Monsieur Mouillard, je vous souhaite une bonne année, une bonne santé et le paradis à la fin de vos jours.

Elle venait d'en dire autant aux locataires du premier, du second et du troisième. Je répondis comme ils ont répondu, en glissant dans sa main, avec un grand merci dont elle ne se souciait guère, un jaunet qui la fit resourire. Une révérence et la voilà qui me quitte.

Ce matin, elle a monté mon courrier : deux lettres, l'une de mon oncle Mouillard, en réponse, et l'autre... je ne sais pas de qui. Ouvrons d'abord l'autre : grande enveloppe, adresse mal écrite, timbre de Paris. Tiens! à l'intérieur, une seconde enveloppe, plus petite, et dessus :

Antoine et Marie Plumet.

Pauvres gens! ça n'a pas de cartes de visite, mais ça a bon cœur.

Elle était bien ennuyée, il y a dix mois, la petite dame Plumet, qui était encore demoiselle alors. Je me souviens de notre première rencontre, au coin de la rue du Quatre-Septembre et de la rue Richelieu, un jour de mars. Je marchais vite, ma serviette sous le bras, regagnant l'étude où j'étais principal clerc. Tout à coup une trotte-menu d'ouvrière modiste pose sa grosse boîte de bois au couvercle de toile cirée juste sur mon chemin. Je failli piquer une tête par-dessus l'obstacle, et j'allais le tourner, lorsque cette petite, rouge d'avoir couru et rouge de m'aborder, me dit :

— Pardon, monsieur, vous êtes avoué?

— Non, mademoiselle, pas encore.

— Alors, monsieur, vous en connaissez des avoués?

— Sans doute, et d'abord mon patron, Me Boule. Si vous voulez me suivre, c'est tout près.

— Je suis bien pressée, mais j'ai tout de même le temps. Je vous remercie bien, monsieur.

Nous arrivons. La petite modiste m'apprend qu'elle est fiancée à M. Plumet, encadreur. Elle m'explique très bien son affaire : On a quelques économies, n'est-ce pas, depuis dix ans qu'on travaille; on est sage, mais on est crédule aussi, on a tout prêté à un cousin ébéniste qui voulait s'établir, et maintenant le cousin ne veut pas restituer; la dot est en péril et le mariage en suspens.

— Rassurez-vous, mademoiselle; nous allons sommer, puis assigner cet affreux ébéniste; nous ne le lâcherons pas qu'il n'ait rendu gorge, et vous serez madame Plumet.

Nous avons tenu parole. Moins de deux mois après, grâce à mes soins, la dot était sauvée, les bans se publiaient.

A vous, mon oncle!

Voyons ce qu'il écrit.

« Bourges, ce 31 décembre 1884.

» Mon cher neveu, je ne vois pas les années se renouveler avec les mêmes sentiments que tu m'exprimes. Je prends mes années en juillet, et dès lors, l'arrivée du 31 décembre me laisse aussi indifférent que celle de tout autre jour de ce mois. Tes doléances me semblent le fait d'un rêveur.

» Il serait bon pourtant que tu te misses à la pratique de la vie. Tu es d'une famille où l'on ne rêvasse pas. Trois Mouillard ont, je puis le dire, honoré la profession d'avoué à Bourges. Tu seras le quatrième.

» Sitôt ton doctorat passé, — ce qui ne saurait tarder, je suppose, — je t'attends, le lendemain, le surlendemain au plus tard, et je te prends sous ma direction.

» L'étude ne baisse pas, je t'en réponds. Malgré l'âge, j'ai encore bon œil et bonne dent; c'est le principal en procédure. Tu trouveras tout en état et en ordre.

» Je te remercie de tes souhaits et te renvoie tous les miens.

» Ton oncle bien dévoué,

» BRUTUS MOUILLARD,
» Avoué licencié près le tribunal civil.

» *P. S.* — La famille Lorinet est venue me voir. Mademoiselle Berthe est vraiment très bien. Ils viennent d'hériter de 751,351 francs.

» C'est moi qui occupais dans un incident y relatif. »

Oui, mon oncle, vous occupiez, selon la formule, « sur les présentes et suite ». Parmi ces suites, vous avez la bonté de compter une union entre mademoiselle Berthe Lorinet, sans profession, et M. Fabien Mouillard, avoué. Fabien Mouillard avoué, je m'y résignerai peut-être; Fabien Mouillard époux Lorinet, jamais! Ça se paye trop cher, les grosses dots, mon oncle! Mademoiselle Berthe a un demi-pied de plus que moi, qui suis de taille moyenne, une carrure à l'avenant. De plus, on assure qu'elle n'a point l'esprit en proportion de la taille. Je l'ai vue à dix-sept ans, en robe courte bleu criard, très maigre alors, accompagnée de son frère sanglé dans sa tunique de lycéen, tous deux sortant pour la première fois seuls, tous deux rouges, pressés, glissant sur le pavé de Bourges. C'est fini : elle aura toujours cet air, cette robe et cette gaucherie pour moi. Les mémoires ont quelque chose de la photographie instantanée; j'ai là un cliché funeste à vos projets.

3 mars.

Les jours s'avancent. Ma thèse grossit. Le Latin Junien se dégage des brumes du Tibre.

Il a fallu retourner à la Bibliothèque nationale. Les premières fois, j'étais ému. Maintenant j'écris mes demandes sur le pupitre de gauche, je m'asseois sur un fauteuil à gauche.

M. Charnot reste fidèle à son poste, sous l'encrier à droite.

Je l'ai observé. Il arrive généralement des premiers, leste, un peu sautillant. Ses cheveux demi-longs sont toujours soigneusement séparés sur le milieu de la tête, et sa barbe est toujours nouvellement faite. L'habitude qu'il a d'enfouir des poignées de notes dans les poches de sa redingote la gonfle par le haut et l'évase en corbeille. Il lit posément, avec des lunettes montées sur un fil d'or très fin, peu de livres, mais tous reliés en veau, ce qui les date. Les employés paraissent l'aimer. Quelques conservateurs le vénèrent. Il a très bonne façon avec tout le monde. Moi, il m'évite.

Il doit se douter que je le recherche. Car, c'est un fait incontestable : je guette une occasion de réparer la sottise que j'ai commise, de lui apparaître sous un jour moins défavorable que dans cette visite désastreuse.

Et la raison qui me pousse vers lui, c'est elle!

Depuis que M. Mouillard m'a menacé de mademoiselle Berthe Lorinet, la silhouette gracieuse de mademoiselle Jeanne s'est dressée devant moi avec une persistance dont je ne lui sais aucun mauvais gré.

Ce n'est pas que je l'aime. Oh! non, cela ne va pas jusque-là; je dois la quitter et quitter Paris pour jamais dans quelques mois. Non, tout mon désir est de la revoir dans la rue, au théâtre, n'importe où, de lui témoigner par mon attitude, et, s'il se pouvait, par mes paroles, que je regrette le passé et que j'implore le pardon.

Un après-midi de janvier, j'ai, huit fois de suite, arpenté la rue de l'Université du n° 1 au n° 107, et du 107 au n° 1 : Jeanne n'est pas sortie, malgré ce limpide jour d'hiver qui étincelait.

J'ai, le 19 du même mois, assisté à *Andromaque*, bien que les classiques, pour lesquels je tiens, ne soient pas ceux que j'entends le plus volontiers. J'ai renouvelé cette tentative le 27. Ni le premier, ni le second soir, je n'ai aperçu mademoiselle Charnot.

Enfin, avant-hier, j'ai passé cinq heures au Bon Marché.

C'était jour d'exposition de printemps, une des solennités de l'année, et je supposais qu'une Parisienne jeune et jolie n'y pouvait pas manquer. La foule emplissait déjà l'immense bazar quand j'arrivai, vers une heure. Il n'est pas facile de résister à de certains courants qui se rendent aux rayons privilégiés de la saison nouvelle. J'obéis au premier qui m'entraîna, et je fis le tour de vingt comptoirs. Enfin, las, étourdi, poudreux comme après une longue marche au soleil, je me réfugiai dans la salle de lecture.

Pauvre naïf! me dis-je, il est trop tôt : tu aurais dû y songer. Elle ne viendra qu'après la fermeture de la Bibliothèque nationale, avec son père. En admettant qu'ils prennent l'omnibus, ils seront ici vers quatre heures et demie, pas avant.

Il fallait occuper l'intervalle assez long qui me séparait de cet heureux moment. J'écrivis une lettre à mon oncle Mouillard. L'adresse seule me demanda sept minutes.

Il était six heures moins un quart. J'attendis encore un peu, et je partis, ayant perdu ma journée.

O Jeanne, où vous cachez-vous? Faut-il, pour vous rencontrer, assister à la messe de Saint-Germain-des-Prés? Êtes-vous de ces belles matineuses qui vont, à l'heure où les promeneurs sont rares, chercher aux Champs-Élysées les premiers rayons du soleil et l'air qui souffle des bois avant de s'engouffrer dans Paris? Suivez-vous un cours à la Sorbonne? Chantez-vous, et quel est votre professeur?

Vous devez chanter, Jeanne. Il y a de l'oiseau en vous. Vous avez la grâce vive et légère de la bergeronnette. Pourquoi n'auriez-vous pas un peu de voix comme elle?...

Fabien! tu deviens lyrique!...

8 avril.

Depuis plus d'un mois je n'ai rien écrit sur ce cahier brun. Mais aujourd'hui, que de choses à noter.

Ma course irréfléchie m'a mené place Saint-Sulpice, et il y avait marché aux fleurs.

Beaucoup de fleurs et peu de monde : il était déjà tard. Je n'en jouissais que mieux de toutes ces plantes rangées par espèce et par taille, depuis la jacinthe double, délices des concierges, jusqu'aux premiers œillets à peine boutonnés et dont le nez rose ou blanc sortait d'un casque vert; puis des bouquets, des bottes d'une seule fleur et d'une seule nuance, enveloppés de papier blanc, muguets, lilas, myosotis, réséda venu en serre et dont le miel, non pillé par l'abeille, embaumait. Chacun avait un regard pour ces exilées reparues. Les jeunes filles leur souriaient sans savoir pourquoi.

J'allais lentement, étudiant chaque exposition et, quand je fus au bout, je fis volte-face.

Grand Dieu, à dix pas, M. Flamaran, M. Charnot, mademoiselle Jeanne!

Ils étaient arrêtés devant une des expositions que je venais de quitter. M. Flamaran portait sous le bras une cinéraire en pot, qui lui fleurissait le ventre. M. Charnot, penché, lorgnait un superbe œillet grenadin. Jeanne hésitait entre vingt bottes de fleurs, inclinant de l'une à l'autre sa jolie tête coiffée en avril.

— Laquelle, père ?

— Celle que tu voudras, mais choisis vite : Flamaran nous attend.

— Cette botte de réséda, dit-elle.

Je l'aurais parié. Elle devait choisir le réséda, la plante blonde, fine, élégante comme elle. A d'autres les camélias et les jacinthes, à Jeanne les fleurs exquises !

Elle paya, saisit le bouquet, le contempla un instant, l'appuya contre sa poitrine avec un geste maternel, toutes les grappes dorées retombant sur son bras, et reprit au passage son père qui n'avait fait que changer d'œillet. Ils continuèrent vers Saint-Sulpice, M. Flamaran à droite, M. Charnot au milieu, Jeanne à gauche. Elle m'effleura sans me voir. Je les suivis de loin. Ils riaient tous trois. De quoi ? Je le devine : elle, c'était d'avoir dix-huit ans ; eux, du plaisir d'être avec elle. A l'extrémité de la place, ils tournèrent à gauche, longèrent les grilles de l'église et inclinèrent vers la rue Saint-Sulpice, sans doute pour reconduire M. Flamaran, dont la cinéraire étincelait dans le groupe. J'allais tourner comme eux. Un omnibus de la ligne Batignolles-Clichy me barra la route. En une seconde je fus enveloppé par le flot de voyageurs qu'il déversa sur la voie.

— Tiens, c'est toi ! Comment va ? Qu'est-ce que tu regardes ?

C'était Larivé qui descendait de l'impériale.

Tout le monde a rencontré Larivé, le maître clerc de l'étude Machin ; on le voit partout : un grand blond, petits favoris ras, moustache très soignée, irréprochable dans sa tenue, toujours en « tube », toujours ganté, au courant de tous les bons mots, qu'il réédite comme étant de lui.

— Voyons, Fabien, répondras-tu, qu'est-ce que tu regardes ?

Il tourna la tête.

— Ah! je vois, la petite Charnot!

— Tu la connais?

— Parbleu! Et le papa aussi. Gentillette!

Je me sentis rougir de plaisir.

— Tu trouves?

— Très gentillette, je le maintiens, mais pas l'habitude du monde : elle danse mal.

— Le beau malheur!

— A moi? cela ne me fait rien du tout. Mais c'est à toi que ça a l'air de faire quelque chose. Seriez-vous parents?

— Non.

— Ou alliés?

— Pas davantage.

— Tant mieux. Ah! ce vieux Mouillard! Et l'oncle Mouillard, toujours intrépide?

— Oui, et désireux de m'arracher de Babylone.

— Tu lui succèdes?

— Le plus tard possible.

— On m'avait bien dit que tu n'étais pas enthousiaste. Une petite étude, n'est-ce pas?

— Mais non, ving-cinq mille de revenu.

— Nets?

— Oui.

— C'est assez joli. Mais la province, mon pauvre ami, la province!

— Tu en mourrais, toi?

— Dans les quarante-huit heures. Allons, au revoir.

Je le retins par les deux mains, qu'il me tendait.

— Larivé, dis-moi, où as-tu rencontré mademoiselle Charnot?

— Ah! ce farceur de Fabien, il en tient! Mon cher, je

suis désolé de ne t'avoir pas dit que c'était un ange. Si j'avais su...

— Ce n'est pas ce que je te demande. Où l'as-tu vue?

— Dans le monde, parbleu! Où veux-tu qu'on voie les jeunes filles, si ce n'est pas dans le monde? Ah! ce Fabien!

Il s'en alla en riant. Quand il fut à vingt pas, il se retourna, mit ses mains en cornet, et cria :

— C'est un ange!

Ce Larivé est un ami de collège, pourtant, le seul de mes vingt-huit camarades de cours avec lequel j'ai conservé des relations : quatre sont morts, vingt-trois autres, dispersés dans l'obscure province, sont présumés perdus par défaut de nouvelles, pour employer le langage du bureau Veritas; le vingt-huitième, c'est Larivé. Je l'admirais, en huitième, à cause de ses pantalons longs, de la belle audace de son indiscipline et de ses fréquentations précoces avec la cigarette. Je le préférais à d'humbles bons enfants. Il blaguait tout, et je le considérais. Il blague encore. Mais il a passé, pour moi, l'âge de la gomme arabique, et je ne crois plus en Larivé.

S'il s'imagine dépoétiser à mes yeux cette charmante fille en m'apprenant qu'elle danse mal, il se trompe. Le bel avantage d'avoir une femme qui valse bien! Ce n'est pas chez elle qu'elle valse, ni avec son mari, entre l'armoire au linge et le berceau; c'est chez les autres et pour les autres. Et puis, une jeune fille qui danse entend beaucoup de fadeurs. Elle peut prendre goût aux sornettes des Larivé. Alors, quel accueil fera-t-elle à l'amour tout simple et tout timide? Elle en rira. Mais vous ne ririez pas, Jeanne, si je vous disais que je vous aime. Non, je crois fermement que vous ne ririez pas... Et si vous m'aimiez, Jeanne, nous n'irions pas dans le monde. J'en serais ravi. Je vous garderais sans vous cacher. Nous aurions le bonheur à la maison.

au lieu de l'aller chercher où il n'est pas, dans les salons et dans les bals. Jeanne, je suis très heureux que vous dansiez mal !

Où vas-tu donc, mon ami Fabien, où vas-tu ? Voilà que tu te laisses encore piper par ton imagination. Et cependant, raisonne un peu. Tu as revu cette jeune fille, c'est vrai ; elle t'a plu, c'est la seconde fois. Mais elle, que tu te permets d'appeler Jeanne comme si elle était quelque chose pour toi, ne t'a pas même aperçu. Tu ne sais rien d'elle que sa grâce virginale et vingt mots de sa bouche. Tu ne sais ni si elle est libre, ni quel accueil elle ferait aux pensées qui te traversent l'esprit, si tu les exprimais. Et tu dis : nous irions, nous aurions !... Reste au singulier, mon pauvre ami. Ce pluriel-là est loin, bien loin, sinon impossible à atteindre.

27 avril.

Fin d'avril : envolez-vous les étudiants ! Les premiers souffles chauds font éclater les bourgeons, Meudon rit, Clamart gazouille, dans la vallée de Ch[illegible]se les champs de violettes embaument, il pleut des chatons de saule des deux rives de l'Yvette, et plus loin, là-bas, sous les dômes reverdis de la forêt de Fontainebleau, les chevreuils dressent l'oreille au bruit des premières cavalcades. Envolez-vous ! Les sentiers sont fleuris, les landes roses, les sous-bois pleins d'ailes qui fuient. Tout Paris émigre vers la campagne en fête. Les plus pauvres ont un coin préféré, un souvenir de l'an passé qu'on peut retrouver et rajeunir, un abri où l'on a dormi, une allée où l'ombre était douce, une place au bord de l'eau, où le poisson mordait. Chacun dit : « Vous souvenez-vous ? » Chacun cherche son nid, comme l'hirondelle qui revient.

J'ai dit aussi à Lampron : Te rappelles-tu? car nous avons notre nid et des jours de soleil qui rient dans nos mémoires. Il était en veine de travail, il hésitait. J'ai murmuré : « l'étang du Merle », il a souri, et nous voilà partis.

D'ordinaire, et cette fois encore, le rendez-vous c'est Saint-Germain, non pas la ville, ni le château italien, ni la terrasse d'où la vue est si large sur la Seine, la campagne semée de villas et Montmartre bleu dans le lointain, mais la forêt. J'irais les yeux fermés, vers cet étang du Merle qui nous fut indiqué par un chevreuil.

Figurez-vous, à trente pas d'une allée, non pas un étang, le mot est impropre, ni une mare, une fontaine creusée par la disparition de quelque chêne géant. Depuis la mort de l'arbre roi, les bouleaux que ses vastes branches avaient tenus écartés ne se sont pas rapprochés, et la fontaine forme le centre d'une petite clairière, où la mousse est épaisse en tout temps et constellée en août d'œillets sauvages. L'eau, pour profonde qu'elle soit, n'en est pas moins transparente à ravir. A travers plus de six pieds, on distingue au fond les feuilles mortes, les herbes, les brins de bois, quelques pierres au contour irisé. Tout cela dort, débris des jours passés que d'autres recouvriront. Par moments, des profondeurs de ces halliers aquatiques, une salamandre s'élance. Elle monte en spirale, agitant sa queue rubannée de jaune, prend une gorgée d'air et redescend à pic. Hormis ces incursions, rien ne trouble la fontaine. Elle est protégée du vent par un genévrier qu'un églantier a choisi pour tuteur et, chaque année, couvre d'un chapeau de roses. Chaque année aussi, un merle y fait son nid. Nous lui gardons le secret. Il sait que nous n'y toucherons pas. Et quand je retrouve ce petit coin de bois, que l'habitude nous a rendu cher, rien qu'à regarder l'eau j'éprouve une impression fraîche qui me va jusqu'au cœur.

— Le bon endroit pour y dormir! s'écria Lampron. Fais le quart, Fabien : moi, je me repose.

Nous avions marché vite. La chaleur était grande. Il ôta sa veste, la roula en oreiller, et y posa sa tête en s'étendant sur l'herbe. Moi, je me couchai à plat ventre, en plein tapis de mousse, et je me livrai à une étude approfondie d'un pied carré du sol que j'avais sous les yeux.

J'ignore ce que cette contemplation dura. La forêt était calme. A part un essaim de moucherons qui sonnait sa fanfare en mineur au-dessus de Lampron endormi, rien ne bougeait, rien ne bruissait autour de nous. Tout buvait en silence à la coupe du grand soleil.

Très loin et confusément j'entendis des voix. Je me levai, et, à pas de loup, parmi les bouleaux et les noisetiers, j'allai jusqu'au bord de l'avenue.

En haut de la pente, sur la marge verte de l'allée qu'ombrageait la futaie, deux promeneurs venaient lentement. A la distance où ils se trouvaient encore, je ne pouvais distinguer qu'une chose : l'homme était en redingote, la femme en robe grise, et jeune, à en juger par le mouvement souple que la marche imprimait à son corps. Et cependant, j'eus tout de suite le sentiment que c'était elle.

Je me cachai, ils approchèrent, et je la vis passer, en effet, au bras de son père, causant doucement, heureuse d'être échappée de la rue de l'Université. Elle regardait devant elle, les yeux grands ouverts. Lui regardait sa fille, plus occupé d'elle que du printemps en pleine sève; il inclinait à droite dès que le soleil mordait la ligne d'ombre, et demandait de temps en temps :

— Tu n'es pas lasse?

— Oh, non!

— Quand tu seras fatiguée, mon enfant, nous nous assoirons. Je ne vais pas trop vite?

Elle répondait encore non, et riait, et ils allaient.

Bientôt ils quittèrent l'avenue, et s'enfoncèrent dans un sentier. Je les perdis de vue. Alors il y eut en moi comme un crépuscule subit, une tristesse immense me monta au cœur, je fermai les yeux, et, Dieu me pardonne, je pleurai.

— Ah çà, quel rôle me fais-tu jouer? dit Lampron derrière-moi.

— Quel rôle?

— Oui, je trouve singulier que tu me convoques à tes rendez-vous.

— Un rendez-vous? Mais il n'y en a pas!

— Tu vas me faire entendre, peut-être, que tu es venu ici par hasard.

— Certainement.

— Juste à l'heure et au lieu où elle devait passer?

— En veux-tu la preuve? Cette jeune fille est mademoiselle Charnot.

— Eh bien?

— Eh bien, mon cher, je ne lui ai jamais reparlé depuis mon unique visite chez son père; je ne l'ai aperçue qu'une seule fois, dans la rue, un instant. Tu vois bien qu'il ne peut être question de rendez-vous ici. J'ai été le premier surpris.

— Et cela te fait pleurer?

— Non, pas cela.

— Quoi donc?

— Je ne sais pas.

— Ah! grand enfant que tu es, je vais te le dire : Tu l'aimes!

— En vérité, je crois que tu dis vrai, Sylvestre. Je t'en fais l'aveu tout simplement comme à mon meilleur ami. Cela date de loin déjà, peut-être du premier jour où je l'ai rencontrée. Dans les commencements, son image s'offrait à mon esprit, et j'y trouvais plaisir. Bientôt l'image ne m'a plus suffi. J'ai désiré la revoir elle-même, je l'ai cherchée dans la rue, dans les magasins, au théâtre. Je m'imaginais que c'était seulement pour me faire pardonner d'elle, pour ne pas lui laisser, quand je quitterais Paris, la fâcheuse impression de notre première entrevue... Mais à présent, Sylvestre, toutes ces vaines raisons s'évanouissent, et la vraie raison m'apparaît : Je l'aime!

Il se tut. Ses yeux vagues erraient sur des lointains de bois, peut-être aussi sur des lointains de souvenirs. Une ombre voilait sa mâle figure. Mais cela dura peu. Il secoua cette tristesse, et ce fut avec son bon sourire d'habitude qu'il me dit :

— Alors, c'est sérieux?

— Oui très sérieux.

— Ma foi, je ne m'en étonne pas : elle est bien, cette jeune fille.

— N'est-ce pas qu'elle est jolie?

— Mieux que cela, mon ami : candide. Quels renseignements as-tu sur elle?

— Qu'elle danse mal.

— C'est bien quelque chose!

— Mais, ce n'est pas tout.

— Eh bien, renseigne-toi sur le reste, parle-lui, déclare-toi, demande-la, et mariez-vous.

— O mon Dieu, Sylvestre, comme tu y vas!

— Mon cher, c'est le meilleur et le plus moral des systèmes. A ta place, dès demain je commencerais.

— Pourquoi pas dès aujourd'hui?

— Comment cela?

— Rattrapons-les, pour la revoir au moins. Il se mit à rire.

— A mon âge, courir après les jeunes filles! Enfin, j'ai donné le conseil, en avant!

Nous traversons l'allée, et nous nous lançons à travers la forêt.

En effet, cinq minutes plus tard, dissimulé derrière le tronc d'un gros hêtre, il me télégraphiait :

— Les voici !

Jeanne et M. Charnot s'étaient assis sur un arbre abattu, le long du sentier qui fuyait à peine visible sous la futaie. Ils nous tournaient le dos. Le père, courbé, sa canne à pomme d'or piquée en terre, lisait dans un livre que nous ne pouvions voir, et Jeanne, attentive, immobile, à demi tournée vers lui, écoutait. Le profil de son visage se détachait sur une bande claire du ciel. La paix profonde du bois nous enveloppait, et la voix du vieux savant arrivait jusqu'à nous.

Je me tournai vers Lampron, arrêté à dix pas en avant de moi, un peu à droite. Il avait atteint son album, et crayonnait à la hâte. Bientôt il oublia toute prudence, et sortit de l'abri du hêtre pour se rapprocher du modèle. J'eus beau multiplier les signes et tenter de lui rappeler que nous n'étions là ni pour peinture, ni pour dessin, ce fut peine perdue. L'artiste était déchaîné. Assis à la distance voulue, en place découverte, sur une racine courbée, il travaillait sans autre préoccupation que celle de son art.

Il arriva ce qui devait arriver : Impatienté par les difficultés de l'ébauche, Lampron remua les deux pieds ensemble ; une branchette qui casse, des feuilles qui se froissent... Jeanne tourna la tête et nous aperçut, moi qui la contemplais, lui qui la dessinait.

Au premier moment, elle se rejeta légèrement en arrière, les sourcils froncés, prête à crier; puis, les sourcils se détendirent, et le plaisir d'être admirée, la petite honte d'avoir été surprise, le désir de ne pas être gauche, tout cela parut sur ses joues roses et dans un demi-sourire vague.

Je saluai, Sylvestre enleva son béret.

M. Charnot ne bougea pas.

— Est-ce encore un écureuil? dit-il.

— Je crois qu'ils sont deux, mon père, répondit-elle à voix basse.

Et il continua la lecture.

Jeanne n'écoutait plus. Elle songeait. A quoi? A plusieurs choses peut-être, mais sûrement à battre en retraite. Je le devinais au mouvement de son ombrelle qui traçait fiévreusement des cercles sur la mousse.

Je fis signe à Lampron. Nous nous retirâmes à reculons.

Mais ce fut inutile : le charme était rompu, la paix était troublée.

Elle toussa deux fois, d'une petite toux volontaire et harmonieuse.

M. Charnot s'interrompit, inquiet.

— Tu as froid, Jeanne?

— Mais non, père.

— Mais si, mais si, tu as froid. Pourquoi ne l'avoir pas dit plus tôt? Mon Dieu, mon Dieu, les enfants! Toujours les mêmes! Imprudents!

Il se leva sans plus tarder, mit son livre dans sa poche, boutonna sa redingote, et, appuyé sur sa canne, chercha un instant dans la cime des hêtres.

Puis, côte à côte, ils s'éloignèrent par le sentier.

Jeanne allait légèrement, toute droite, svelte, entre les jeunes gaulis couverts de feuilles nouvelles qui la cachèrent bientôt.

Cependant Lampron continuait de fixer ce détour du sentier par où elle avait disparu.

— A quoi penses-tu? lui dis-je.

Il passa sa main sur sa barbe dont quelques poils cendrés étoilaient le milieu.

— Je pense, mon cher, que la jeunesse nous quitte de cette même façon, à l'heure où nous l'aimons le mieux, avec un petit sourire et sans dire où elle va. La mienne m'a joué ce tour-là.

— Quelle bonne idée tu as eue de les dessiner tous deux ! Montre donc le dessin ?

— Non !

— Pourquoi non ?

— Ce n'est pas même une ébauche : trois coups de crayon seulement.

— Montre quand même ?

— Mon petit ami Fabien, tu devrais savoir que, quand je m'entête, c'est que j'ai une idée, comme âne de Balaam. Tu ne verras mon album ni aujourd'hui, ni demain, ni après-demain.

J'ai répondu bêtement :

— Cela m'est égal, va !

Au fond, j'étais très contrarié, et j'ai quitté un peu froidement Lampron sur le quai de la gare.

Imagine-t-on un pareil caprice ? Ne pas me montrer un dessin qu'il a fait devant moi, un dessin qui représente Jeanne !

28 avril, neuf heures du soir.

Cet après-midi, à deux heures, je rencontre Lampron, boulevard Saint-Michel. Il marchait vite, un carton sous le bras. Je l'aborde. Il a l'air contrarié, et reçoit mal l'offre que je lui fais de l'accompagner. Le sang me monte à la tête.

— Eh bien, au revoir, monsieur Lampron, puisqu'il n'est plus permis de vous aborder, au revoir !

Il réfléchit un instant.

— Bah! suis-moi si tu veux: je vais chez mon encadreur.

— Un tableau?

— A peu près.

— Je suis très pressé, viens si tu veux. J'aurais mieux aimé que ce fût dans quatre jours, mais enfin, la joie n'arrive jamais trop tôt.

Lorsque Lampron veut se taire, il est inutile de l'interroger. Je me résignai donc à la méditation de ces mots : la joie n'arrive jamais trop tôt.

Nous descendons le boulevard, le long des brasseries. Il marche fièrement, mon ami Sylvestre, il ne se confond pas avec la foule qu'il traverse.

— A gauche, dit Lampron.

Nous tournons à gauche, et nous arrivons rue Hautefeuille, devant une maison fanée, sous le porche de laquelle pendent des écriteaux de chambres à louer : c'est là que demeure l'encadreur. Nous montons. Au quatrième, une odeur de colle et de moisi répandue sur le palier suffirait à indiquer la profession du locataire. Pour plus de précision, il y a une pancarte clouée sur la porte : Plumet, encadreur.

— Plumet? Un jeune ménage?

Mais déjà madame Plumet a ouvert. C'est bien elle, la petite dame Plumet de l'étude Boule. Elle me reconnaît dans le demi-jour de l'escalier.

— Comment, monsieur Lampron, vous connaissez monsieur Mouillard?

— Et vous aussi, madame Plumet, à ce qu'il paraît.

— Oh! très bien, c'est lui qui a gagné le procès, vous savez.

— Contre l'ébéniste? Parfaitement. Votre mari est là?

— Oui, monsieur, dans l'atelier. Plumet?

Par la porte entr'ouverte donnant sur une seconde pièce,

nous apercevons, — au milieu de ses ouvriers mouleurs, doreurs, brunisseurs, encadreurs, — un petit homme brun à barbiche, qui lève la tête et dénoue prestement les cordons de son tablier de travail.

— J'y vais, Marie, j'y vais!

A peine son mari eut-il répondu qu'elle nous laissa, et s'en alla au fond de la chambre, dans la demi-ombre d'une alcôve encombrée de meubles. Là, elle se pencha au-dessus d'une chose carrée que je distinguais assez mal d'abord, et qui s'agita sous sa main.

— Monsieur Mouillard, dit-elle en levant les yeux vers moi.

Je m'aperçus alors que je l'avais suivie.

— Monsieur Mouillard, c'est mon fils Pierre!

Pendant ce temps, à l'autre bout de la salle, Sylvestre causait avec M. Plumet.

— Impossible, disait l'encadreur, nous sommes dépassés par la besogne, j'ai vingt commandes qui attendent.

— C'est un service d'ami que je vous demande.

— Je voudrais pouvoir vous obliger, monsieur Lampron, mais je vous promettrais, que je ne tiendrais pas ma promesse.

— C'est dommage! tout était arrangé. Le dessin devait être exposé avec mes deux gravures... Mon pauvre Fabien, je te ménageais une surprise. Tiens, viens voir!

J'accourus. Sylvestre ouvrit le carton.

— Reconnais-tu?

Ciel, si j'ai reconnu! M. Charnot de dos, Jeanne de profil, très ressemblante, un coin de forêt, l'ombrelle à terre, la canne piquée dans l'herbe : un tableau de genre d'une finesse et d'une vérite parfaites.

— Quand as-tu fait cela?

— Cette nuit.

— Et tu veux l'exposer?

— Au Salon.

— Mais le Salon, Sylvestre.... on ne reçoit plus rien. Il y a longtemps que le 15 mars est passé.

— J'avais justement pendu là-bas, entre deux gravures, un sous-bois au crayon assez semblable à celui-ci ; on décroche l'un, on accroche l'autre... enfin, tout un petit mystère d'iniquité dont je suis honteux encore. Je risquais cela pour toi, j'espérais qu'elle viendrait, qu'elle se reconnaîtrait.

— Mais certainement, elle se reconnaîtra, elle comprendra ; comment veux-tu qu'elle ne devine pas? Sylvestre, que je te remercie!

Je sautai au cou de mon ami Sylvestre, lui demandant pardon de mes sottes récriminations.

Il était un peu attendri, lui aussi, un peu troublé du plaisir que sa surprise me causait.

— Voyez, Plumet, dit-il à l'encadreur, qui avait approché le dessin de la fenêtre, et le considérait en homme du métier, voilà un jeune homme encore plus intéressé que moi dans l'affaire, un aspirant au mariage auquel vous pouviez être très utile. Si vous n'encadrez pas le dessin, toute sa joie va disparaître.

Le maître encadreur branla la tête.

— Voyons, Antoine! dit une petite voix câline ; et madame Plumet quitta le berceau pour se porter à notre secours.

Je jugeai tout de suite la partie gagnée. M. Plumet répéta bien, en torturant sa barbiche, que c'était impossible, elle assura le contraire ; il fit mine de rentrer à l'atelier, elle le retint par la manche, et le fit rire et consentir en s'écriant :

— Antoine, monsieur Mouillard nous a mariés, tu peux bien lui rendre la pareille!

J'étais ravi. Pourtant, un doute me prit :

— Sylvestre, dis-je à Lampron, qui déjà tournait le bouton de la porte, crois-tu qu'elle viendra?

— Dame! je l'espère, mais je n'en réponds pas. Pour être sûr, il faudrait lui faire dire : Mademoiselle Jeanne, votre portrait est au Salon! Si tu connais quelqu'un qui se charge de porter ce message rue de l'Université...

— Rue de l'Université, vous dites? interrompit la petite dame Plumet, qui prenait décidément le plus vif intérêt à ma cause.

— Oui, pourquoi?

— C'est que j'ai une amie... dans le quartier, et peut-être...

Je me risquai à lui donner, sous le sceau du secret, le numéro et le nom.

En trois minutes elle eut combiné un plan : justement l'amie habitait dans le voisinage de l'hôtel de la rue de l'Université,... une concierge,... une personne d'âge et très sûre,... par elle on pourrait peut-être avertir mademoiselle Jeanne que son portrait ou quelque chose d'approchant figurerait au Salon... discrètement, cela va sans dire, et « sans avoir l'air de rien ».

La brave et intelligente petite femme! Ai-je eu de l'esprit de lui rendre service! Je ne supposais pas qu'elle dût m'en récompenser un jour. Et me voilà payé, capital et intérêts.

Cependant j'hésitais encore. Elle emporta mon consentement.

— Non, non, dit-elle, laissez-moi faire : je vous promets qu'elle sera prévenue, monsieur Mouillard, et que le dessin sera encadré, monsieur Lampron.

Dans la rue, Lampron me serra la main.

— Va, va, mon ami, les gens heureux vont seuls ; c'est

un besoin du cœur. Dans quatre jours, à midi, j'irai te prendre, et nous ferons ensemble notre première visite au Salon.

1er mai.

Ont-ils assez duré, ces quatre jours! Surtout le dernier. Enfin, voici midi moins deux... Dans deux minutes, si Lampron n'est pas en retard...

— Pan, pan!

— Entrez.

— Il est midi, mon ami; viens-tu?

C'est Lampron.

J'avais depuis une heure mon chapeau sur la tête, ma canne entre les jambes, et je feuilletais ma thèse avec des gants aux mains. Il se moque de moi. Cela m'est bien égal.

Nous partons à pied, dans le jour limpide et chaud. Tout le monde est dehors. Qui donc pourrait rester chez soi un premier mai? Lampron est d'humeur causante. Il est content de son exposition et de son plan d'attaque contre mademoiselle Jeanne.

— Elle est sûrement prévenue, Fabien, rendue peut-être, qui sait?

— Plaisante, va, moque-toi!

— Je me la suis représentée vingt fois, montant l'escalier du palais de l'Industrie, au bras de son père. Nous sommes en bas, Sylvestre, perdus dans la foule. Son profil candide et fin s'enlève sur les tapisseries des Gobelins qui l'encadrent de leurs fleurs, et l'on dirait quelque vierge du temps passé qui prend vie et qui sort de son panneau de haute lice.

Nous approchons. De toutes parts, des groupes s'acheminent vers l'Exposition, les femmes en toilettes claires, beaucoup d'hommes en veston, une main dans une poche, la canne haute et affleurant l'oreille, ce qui signifie : riche, encore gaillard et sorti par un beau temps. Les tourniquets sont encombrés. J'entre enfin.

Voici la première salle de peinture. Sylvestre rayonne. Il est chez lui.

— Vite, Sylvestre, où est le dessin? Allons-y vite!

Mais il m'entraîne avec lui, et nous visitons plusieurs salles.

Avez-vous éprouvé cette ivresse de la couleur qui s'empare des profanes au seuil d'un musée? Tant de rayons arrivent aux yeux, tant de pensées s'ébauchent et se heurtent dans l'esprit, que les yeux se fatiguent et que l'esprit se trouble. Il flotte, sans se poser, comme un insecte sur un pré tout en fleurs. La foule qui bourdonne et se mêle ajoute à cette griserie. Elle distrait l'attention qui commençait à se fixer, et l'emporte avec elle, là où elle s'assemble, séduite par un nom, par un cadre, par la dimension d'une toile, par une violence quelconque.

Avec Lampron, ce danger n'existe pas. D'un regard il parcourt la salle. Il a l'œil du chasseur qui, dans un vol de perdreaux, choisit du premier coup sa proie. Il n'hésite pas : C'est là qu'il faut aller, viens; et nous allons. Il se plante tout droit devant la toile, il ne dit rien, mais il est content; il s'imprègne d'une pensée qui l'a saisi de loin; il compare l'œuvre nouvelle du peintre avec une œuvre ancienne dont il se souvient. Toute son âme est attachée là. Et quand il juge que j'ai tout compris et tout pénétré, il indique son sentiment d'un mot toujours juste, résumé d'une longue suite d'idées que j'ai dû partager, puisque j'ai vu comme lui.

Nous nous arrêtons ainsi devant le *Martyre de saint Denis* par Bonnat, les deux *Adorations* de Bouguereau, un paysage de Bernier, d'autres paysages encore, des marines, des portraits.

Enfin, nous sortons des salles de peinture.

Dans la galerie ouverte qui flanque intérieurement ce vaste quadrilatère et domine le jardin, dorment, bien délaissés, les aquarelles, les gravures, les dessins. Lampron va droit à ses œuvres. Je leur donnerais la médaille d'honneur : un portrait d'homme à l'eau-forte, une grande gravure au burin, *la Vierge allaitant Jésus*, du Salon carré, au Louvre, et le dessin qui représente...

— Mon Dieu, qu'elle est charmante, Sylvestre, et qu'elle aurait grand tort de ne pas venir se voir!

— Elle viendra, mon ami, mais je ne serai plus là.

— Tu me quittes?

— Je te laisse à ton affût : sois patient, et ne manque pas ce soir de me donner des nouvelles.

— Je te le promets.

Et Lampron disparaît.

Le dessin était placé à égale distance à peu près de deux ouvertures garnies de portières, communiquant avec des salles de peinture. Je m'appuyai dans l'encadrement d'une de ces portes et j'attendis.

Tout à coup, de petits pas dans la galerie. Ce sont deux jeunes filles toutes jeunes qui viennent d'entrer.

Elles se regardent, et chuchotent. L'une sourit, l'autre de même. Elles se tournent le dos. Puis, elles partent, l'une à droite, l'autre à gauche, pour examiner les dessins qui couvrent les murs. Examen sommaire qui n'a sûrement pas l'art pour mobile : elles cherchent quelque chose, et j'imagine que ce pourrait bien être le portrait de Jeanne. En effet, celle qui vient de mon côté s'arrête bientôt, étend le doigt vers la muraille, pousse un petit cri. L'autre accourt. Elles battent des mains.

— Bravo! bravo!

Et les voilà reparties, disparues par la porte là-bas.

Ce qu'elles vont faire, je le devine.

Je tremble de la tête aux pieds, et je me dissimule davantage derrière la portière.

Une minute à peine, et elles reviennent, non plus deux, mais trois, et la troisième c'est Jeanne, qu'elles entraînent chacune par une main.

Elles l'amènent jusqu'auprès du dessin de Lampron, et gentiment lui font la révérence.

Jeanne se penche, elle sourit, elle semble approuver. Puis un doute la prend, elle tourne la tête et m'aperçoit. Le sourire tombe, elle rougit, on dirait même qu'une larme va poindre au coin de ses yeux. Quel bonheur, Jeanne, vous êtes émue : Jeanne, vous avez compris!

Une joie profonde me traverse l'âme, si profonde que jamais je n'en éprouvai une semblable.

Hélas! au même instant, quelqu'un appelle :

— Jeanne?

Elle se redresse, prend les deux petites par la main et s'en va.

Oh! que j'eusse mieux fait de m'enfuir aussi, d'emporter cette illusion radieuse!

Mais, non, je me penche pour les suivre du regard. Dans l'embrasure de la porte, là-bas, j'aperçois M. Charnot. Un jeune homme est près de lui. Il s'adresse à Jeanne. Elle lui a répondu. Quelques mots viennent jusqu'à moi :

— Ce n'est rien, Georges.

Malédiction! Elle en aime un autre!...

2 mai.

Dans quelles dispositions d'esprit je suis parti ce matin pour soutenir ma thèse! Abattu, brisé par une nuit de larmes, indifférent à tout ce qui pouvait m'arriver d'heureux ou de fâcheux!

Je me croyais et j'étais en effet bien malheureux, mais je ne me doutais pas que je dusse revenir plus triste et plus malheureux encore.

Il faisait un temps splendide, à onze heures et demie, quand je pris le chemin de l'École de Droit, ma thèse annotée sous le bras, plus préoccupé de mes regrets et des projets au milieu desquels je m'étais toute la nuit débattu que de l'épreuve que j'allais subir.

Je montai la rue Soufflot, et j'entrai, à midi, dans la cour étouffée de la Faculté.

Les cours du matin sont finis. Plusieurs professeurs accourent, un peu rouges, sortant de table, aux convocations du secrétaire : ce sont mes examinateurs.

Il est temps d'aller faire ma toilette. Car il y a la toilette du candidat, comme il y a celle du condamné. Le vieil appariteur qui m'a vêtu de ses toges de location, je ne sais combien de fois, me voyant triste, s'imagine que je souffre du mal d'examen, une maladie à part qui ressemble à celle du jeune soldat au premier feu.

Nous sommes seuls dans la garde-robe obscure ; il tourne autour de moi, et m'encourage en me brossant : les docteurs ont un droit moral à ce coup de brosse.

— Ça va très bien aller, monsieur Mouillard, ne craignez pas. Nous n'avons refusé personne ce matin.

— Je n'ai pas peur, père Michu.

Il leva les épaules, et me précéda jusqu'à la salle désignée pour la soutenance de ma thèse.

C'était la plus petite et la plus sombre de toutes. Elle prend son jour sur une rue qui n'en a guère et n'en donne que le moins qu'elle peut. A gauche, le long du mur, est une chaire pour le candidat. Au fond, sur une estrade et devant un bureau, siègent les six examinateurs en robe rouge, épitoge à triple rang d'hermine et toque à ruban d'or. Entre la chaire et la porte, un petit parc à spectateurs. Ils étaient une trentaine quand j'entrai.

Ma soutenance, qui aurait pu être brillante, a été quelconque.

Les trois premiers de mes juges avaient lu ma thèse, l'excellent M. Flamaran surtout. Il la possédait, il en avait goûté les hardiesses et les nouveautés.

Chaque réponse l'animait.

— Très bien, murmurait-il, très bien, poursuivons. Je suppose, à présent...

Et le démon de la logique le talonnant, nous tombâmes tous deux en pleine folie, dans un monde d'hypothèses où nul n'avait pénétré. Il n'examinait plus, il inventait, il se grisait de déductions. Personne n'avait raison et personne n'avait tort. Nous raisonnions sur des chimères, lui radieux, moi sans flamme, devant ses collègues doucement hilares. Je n'ai jamais si bien compris qu'en ce moment tout ce qu'il peut y avoir d'imagination dans une tête de juriste.

Il me marqua une blanche, tout en sueur, ayant dépassé de dix minutes le temps réglementaire de l'interrogatoire.

Le second juge fut moins ardent. Il supposa peu, et mit tout son art à me convaincre d'une contradiction entre la page 17 et la page 79. Il ne cessa de répéter : « C'est grave, monsieur, c'est très grave », et me gratifia néanmoins d'une seconde blanche. Je n'eus qu'une blanche rouge pour le troisième. Le reste de l'examen porta sur quelques positions étrangères à mes sujets de thèse, lutte banale où je répondis par des arguments bien usés à des objections bien fanées. Et ce fut fini. Deux heures avaient fui.

Je sortis de la salle pendant que mes examinateurs délibéraient.

Quelques amis vinrent à moi.

— Mes compliments, cher, je parie pour six blanches.

— Ma foi, Larivé, je ne t'avais pas aperçu.

— Je le crois bien, tu n'as regardé personne.

— Le candidat est invité à rentrer dans la salle d'examen! dit l'appariteur.

M. Flamaran me proclama docteur avec un sourire paternel et un mot d'éloges pour « ce travail consciencieux, plein de vues nouvelles sur un sujet délicat ».

Je saluai mes juges. Larivé m'attendait dans la cour, et, me prenant par le bras :

— Papa Mouillard va être content.

— Oui.

— Plus content que toi.

— C'est bien possible.

— Et ce n'est pas difficile. Tu es incroyable, vraiment. Depuis deux ans tu as travaillé comme un cent de nègres pour être docteur, et, à présent que tu es reçu, on dirait que tu n'y tenais pas. Tu as obtenu un sourire de Flamaran, et tu ne te considères pas comme un privilégié du sort! Que te faudrait-il donc? Espérais-tu que mademoiselle Charnot viendrait en personne...

— Oh, Larivé!

— ... Assister à ton examen et applaudir, de ses fines mains gantées, les réponses de monsieur aux objections de ses juges? Tu sais pourtant que ça n'est plus possible, mon bonhomme, et qu'elle se marie.

— Elle se marie?

— Fais donc l'ignorant.

— Je m'en doutais depuis hier : je l'ai rencontrée au Salon, et j'ai vu près d'elle un jeune homme.

— Dufilleul, mon bonhomme, l'ami Dufilleul. Tu ne connais pas Dufilleul?

— Non.

— Mais si, un quart d'agent de change, très fort à l'écarté, qui a fait son droit avec nous.

— Pauvre fille!

— Tu la plains?

— C'est affreux!

— Quoi donc?

— De voir une malheureuse enfant épouser un viveur...

— Tu es sombre, mon pauvre Mouillard : je t'offre une absinthe, le seul breuvage qui réponde à l'amertume de ton cœur.

— Non, je rentre.

— Tu n'as pas le doctorat jovial. Adieu!

— Adieu.

Il pirouetta sur ses talons, et descendit le boulevard Saint-Michel.

Ainsi donc tout est fini pour elle et pour moi, bien fini, et le plus triste, c'est qu'elle est encore plus à plaindre que moi. Pauvre fille!

C'est tout ce que j'aurai d'elle, une larme, un sourire... Tout; eh bien! j'en vivrai. Elle a eu mon premier amour, et je lui garderai dans mon souvenir une place d'où nulle autre ne la chassera. Je vais maintenant travailler à fermer ce pauvre cœur qui a eu le tort de s'ouvrir... Je devrais être heureux, ce soir, et tout pleure en moi... Il me semble que je comprendrai mieux Sylvestre, désormais. Nos douleurs nous rapprocheront. J'irai le voir tout à l'heure, et je lui dirai cela...

Auparavant, j'écrirai à mon oncle pour lui apprendre que son neveu est docteur.

5 mai.

Lettre fulminante de M. Mouillard. Si je n'étais pas si triste, j'en rirais.

Il aurait voulu que, docteur à deux heures de l'après-midi, je prisse, le soir même, le train pour Bourges, où m'attendent mon oncle et l'étude, et le bonheur provincial. Les amis de M. Mouillard étaient prévenus, on fût venu me serrer la main à la gare. Bref, je suis un ingrat. Tout au moins devais-je indiquer la date prochaine de mon arrivée, car il ne se peut pas que je demeure encore dans la capitale, étant libre de la quitter. Cela dépasse les bornes de l'étourderie et de l'indifférence. M. Mouillard, termine par ces mots : « Fabien, il y a longtemps que je m'en doute : tu as une chaîne, et j'accours pour la rompre ! — BRUTUS MOUILLARD ».

Je le connais, il sera ici demain.

8 mai.

Aucune nouvelle de M. Mouillard. C'est tout à fait étrange.

9 mai.

Ce soir, à sept heures, au moment où je sortais de chez moi pour aller dîner, j'aperçois à vingt pas un chapeau haut de forme à larges bords coiffant des cheveux blancs en brosse, un long cou serré d'une cravate blanche, une redingote déboutonnée battant deux jambes maigres ; je m'écrie :

— Mon oncle !

Il m'ouvre ses deux bras. J'y tombe, et la première chose qu'il me dit, c'est :

— Tu n'as pas dîné, au moins ?

— Non, mon oncle.

— Alors, chez Foyot!

S'attendre à voir un homme en colère et s'entendre inviter à dîner, cela cause une impression singulière, presque une déception.

Je lui dis quand j'eus repris mes sens :

— Je supposais, d'après votre lettre, mon oncle, que vous arriveriez plus tôt.

— Et tu supposais bien. Il y a deux jours que je suis à Paris au Grand-Hôtel. Je suis descendu là pour la salle à manger dont mon ami Hublette, tu sais bien, Hublette, de Bourges, m'avait dit : « Mouillard, il faut voir cela avant de céder votre étude. »

— Si je l'avais su, mon oncle, je serais allé vous demander.

— Tu ne m'aurais pas trouvé. Les affaires avant tout, Fabien. J'avais trois avoués et cinq notaires à voir. Je les ai vus. Après les affaires, les sentiments. Me voilà. Ça te va-t-il, Foyot?

— Certainement, mon oncle.

— En avant, marche, mon neveu! Ça ragaillardit, ce Paris!

Il avait l'air tout gaillard, en effet, mon oncle Mouillard, aussi gaillard que provincial. Sa haute taille et sa redingote à la propriétaire faisaient retourner les passants blasés sur tant de singularités. Il frappait de sa canne le pavage en bois, admirait la philanthropie de Wallace, s'arrêtait devant les plans émaillés des rues, et s'extasiait sur le « mouvement » de la rue de Vaugirard.

Le menu fut excellent et tel qu'un oncle généreux pourrait en composer pour un neveu sans reproche. M. Mouillard, qui a une vieille passion pour le chambertin, en fit apporter deux bouteilles tout d'abord. Il but la première et une partie de la seconde, mangeant à proportion et sans cesser de parler très haut et très ferme, selon sa coutume. Pas un mot sur moi.

J'attendais. Rien ne venait.

Après le parfait glacé, M. Mouillard demanda un cigare. Mon oncle le prit, l'emmancha dans le bout d'ambre vert que je lui ai toujours connu, l'alluma, et, sous prétexte qu'il faut, en commençant, égaliser la combustion du tabac, sortit en laissant derrière lui le sillage de fumée d'une canonnière à vapeur.

Nous fîmes le tour des galeries de l'Odéon, où mon oncle s'éternisa à feuilleter les livres. Il les prenait tous, les uns après les autres, regardait d'abord le nom et se tournait invariablement vers moi.

— Tu connais ça, toi ?

— Oui, mon oncle.

— Ça doit être un tout jeune auteur : je ne me rappelle pas ce nom-là.

M. Mouillard oubliait que quarante-cinq ans le séparaient de sa dernière visite aux libraires de l'Odéon.

Puis il remit son dernier livre, — un Musset, — et m'appela.

— Viens, Fabien.

Il me prit le bras, et nous nous mîmes à arpenter la rue de Médicis, le long de la grille du Luxembourg.

Je sentais que le grand moment allait sonner.

— Et ta chaîne, Fabien ? J'ai deviné juste ?

— Oui, mon oncle, j'en avais une.

— C'est bien d'avouer, mon garçon, mais il faut rompre.

— Elle est rompue.

— Depuis quand ?

— Depuis plusieurs jours.

— Ta parole d'honneur ?

— Oui.

— Voilà qui est très bien, mon neveu. Tu aurais mieux fait de ne pas te laisser enchaîner. Mais, enfin, tu reçois le conseil de ton oncle, tu vois l'abîme et tu recules, c'est très bien.

— Mon oncle, je ne veux pas vous tromper. Votre lettre n'est arrivée qu'après. La cause est tout autre.

— Et c'est?

— Que l'illusion où j'étais s'est tout à coup dissipée.

— Il y a encore des illusions sur ces créatures-là ?

— Une créature exquise et digne de tous les hommages, mon oncle.

— Allons donc!

— N'en doutez pas, je vous prie. Je la croyais libre.

— Et elle était?

— Fiancée.

— Ça, c'est drôle, par exemple.

— Il s'agit d'une jeune fille d'une honorabilité parfaite. Je vous parle de mademoiselle Jeanne Charnot.

— Ça se peut.

— Fille d'un membre de l'Institut.

— Oh!

Mon oncle eut un haut-le-corps, et s'arrêta.

— Enfin, es-tu bien sûr qu'elle soit fiancée?

— Larivé me l'a dit.

— Qui ça, Larivé?

— Un camarade.

— Ah! c'est seulement par un camarade que tu sais cela?

— Oui, vous croyez donc que je peux encore douter, mon oncle, qu'il y a une chance?...

— Non, non, je ne doute pas. Elle doit être fiancée, très fiancée. J'en suis même enchanté. Ce n'est pas à Paris que les Mouillard prennent leurs épouses, Fabien; ce n'est pas une Parisienne qu'il nous faut pour perpétuer les traditions de la famille et de l'étude. Une Parisienne! Quand j'y pense, j'en ai le frisson... Fabien, tu pars demain avec moi, n'est-ce pas?

— Sûrement non, mon oncle.

— Parce que?

— Parce que je ne puis quitter mes amis sans leur dire adieu, et que j'ai besoin de réflexion avant d'engager définitivement ma vie à la procédure civile.

— De réflexion! Tu as besoin de réflexion pour prendre une charge héréditaire qui t'est destinée depuis ton enfance, en vue de laquelle tu as travaillé cinq ans, que je t'ai conservée, moi, Mouillard, comme si tu avais été mon fils?

— Oui, mon oncle.

— Laisse donc! On réfléchit à Bourges aussi bien qu'ici. Tu veux rester pour la revoir.

— Non.

— Pour aller errer, comme une âme en peine dans le quartier qu'elle habite. Où habite-t-elle?

— Rue de l'Université.

Mon oncle prit son carnet et nota : « Charnot, rue de l'Université. » Puis toute sa physionomie se détendit. Il eut un ricanement dont j'avais souvent deviné le sens aux audiences de Bourges, et qui signifiait : « L'affaire est dans le sac, le père Mouillard tient son homme. »

Mon oncle, en remettant le crayon dans sa gaine et le calepin dans sa poche, ajouta simplement :

— Tu déraisonnes, ce soir, Fabien. Nous recauserons de cela. Je ne partirai que demain soir. Et avec toi, mon garçon, je t'en réponds!

M. Mouillard ne causa plus que de choses indifférentes pendant le court trajet de la rue Soufflot à la station d'omnibus de l'Odéon. Là il me serra la main, et sauta lestement dans l'intérieur de la première voiture.

10 mai.

C'est une terrible chose que d'être le neveu de M. Mouillard! Certes, je le savais entêté, capable de ruse et d'audace, mais j'étais loin de penser qu'il eût, en me quittant, de pareilles intentions!

Mon refus de partir, ma demande d'un répit avant de me coiffer de son étude, l'ont exaspéré.

Nous sommes brouillés pour la vie. Je viens de le reconduire jusqu'au palier de mon étage.

Il est entré, il y a un quart d'heure.

— Eh bien, mon neveu?

— Eh bien, mon oncle?

— Il y a du nouveau.

— Ah!

M. Mouillard posa son chapeau sur ma table en l'y frappant furieusement.

— Oui, tu connais mon système : quand une chose ne me paraît pas claire...

— Vous foncez dessus, comme un tapir.

— Justement. Je m'en suis toujours bien trouvé. Ton affaire ne me paraissait pas claire. Alors, j'ai suivi mon système : je suis allé chez le papa.

— Vous avez fait cela!

— Parfaitement.

— Vous êtes allé chez Monsieur Charnot?

— Rue de l'Université. N'était-ce pas le plus simple? Je n'étais pas fâché, d'ailleurs, de voir de près un membre de l'Institut. Et je dois reconnaître qu'il a été très bien avec moi, pas fier du tout.

— Et vous lui avez dit?

— Je lui ai dit mon nom, d'abord : Brutus Mouillard. Il

a cherché un peu, pas très longtemps, puis il s'est souvenu de toi, un jeune homme timide, licencié ès lettres, qui porte un lorgnon.

— C'est tout le signalement?

— Oui. Il se rappelait t'avoir vu à la Bibliothèque nationale et une autre fois chez lui. Je lui ai dit : — « C'est mon neveu, monsieur Charnot. — J'en suis charmé pour vous, Monsieur; il ne paraît pas sans mérite. — Assurément mais il a le cœur inflammable. — A son âge, Monsieur, qui n'a pas eu son incendie? Voilà le début... » Il est spirituel, ton monsieur Charnot. Je n'ai pas voulu être en reste et je lui ai répondu : « — Eh! monsieur, le feu a pris chez vous. » — Il a eu une peur du diable et a regardé de tous côtés. Moi j'ai bien ri. Puis nous nous sommes expliqués. Je lui ai exposé que tu étais amoureux de sa fille et que, de Bourges, j'étais accouru pour juger la situation. Il a probablement cru que je venais lui demander sa fille, a passé une main sur son front, et m'a répondu : « — Je suis très honoré, monsieur de votre démarche, et, certainement, je l'aurais prise en très sérieuse considération si ma fille n'était en ce moment même recherché par le fils d'un de mes amis, d'un camarade de collège, et vous concevez, monsieur, que cette situation ne me permet pas d'accueillir des avances qui, en d'autres circonstances, eussent fait l'objet du plus mûr examen. » Je savais ce que je voulais savoir. Je ne risquais rien. Ma foi, je ne lui ai pas caché que, personnellement, je préférais pour toi une provinciale à la plus charmante Parisienne, et que les Mouillard, de père en fils, convolaient à Bourges. Il a très bien compris, et nous nous sommes quittés les meilleurs amis du monde. A présent, mon garçon, la chose est sûre : mademoiselle Charnot va se marier avec un autre, il faut en faire ton deuil et partir ce soir avec moi. Nous serons demain matin à

Bourges, et je te garantis que tu riras bientôt de tes fantaisies parisiennes; tu en riras!

J'avais écouté mon oncle sans l'interrompre. Il me fallut toute mon énergie pour répondre avec un calme apparent :

— Je n'étais pas décidé hier soir, mon oncle : à présent, je le suis.

— Tu viens?

— Je reste. Ce que vous venez de faire là, mon oncle... je ne sais pas si vous vous en rendez compte, c'est une chose incroyable, que je ne puis admettre, qui met entre vous et moi deux cents kilomètres de chemin de fer, et à jamais, entendez-vous bien? Vous vous êtes permis de révéler un secret qui n'était pas le vôtre, un amour qui, n'ayant pas de chance d'être agréé, avait le devoir de ne pas se déclarer davantage, et de ne pas s'exposer à une semblable humiliation. Vous êtes allé chez M. Charnot sans vous demander si vous n'y porteriez pas un certain trouble, sans vous demander, non plus, si de pareils procédés, usités peut-être dans votre monde des affaires, pouvaient réussir avec moi. Vous le pensiez peut-être. Vous n'avez fait qu'achever une preuve déjà commencée, à savoir que nous ne comprenons pas la vie de la même manière, et qu'il vaut mieux, pour vous comme pour moi, que je continue d'habiter Paris, comme vous continuerez d'habiter Bourges.

— Ah! tu le prends comme cela, mon garçon, tu refuses, tu menaces?

— Oui.

— Réfléchis bien avant de me laisser partir seul. Tu sais ta fortune, quatorze cents francs de rente, la misère à Paris!

— Oui.

— Eh bien! retiens ce que je vais te dire. Je t'ai gardé pendant des années mon étude, c'est-à-dire une situation toute faite, honorable, lucrative. Mais je suis las, à la fin, de tes façons et de tes dédains. Si, dans quinze jours d'ici, tu n'es pas fixé à Bourges : avant trois semaines l'étude Mouillard aura changé de nom !

— Je n'ai qu'une chose à vous demander, monsieur Mouillard. J'espère que Jeanne n'a pas assisté à l'entrevue, qu'elle n'a rien entendu, qu'elle n'a pas eu à rougir...

Mon oncle s'est levé tout d'une pièce; il a saisi ses gants allongés sur la table, les a froissés, jetés au fond de son chapeau dans un mouvement de colère, s'est coiffé du tout, et, à pas rapides, les jambes serrées, a filé vers la porte.

Je l'ai suivi. Il ne s'est pas retourné. Il n'a pas répondu à mon — « Adieu ! mon oncle. »

20 mai.

Et voilà comment nous nous sommes quittés, M. Mouillard et moi ! Voilà comment je me suis séparé du dernier parent qui me reste ! Il y a dix jours de cela. Il m'en reste cinq pour renouer le fil brisé de la tradition des Mouillard et devenir avoué. Mais rien ne m'annonce cette conversion. Je me sens, au contraire, délivré d'un grand poids, content d'être libre, de n'être rien. J'éprouve le petit frisson de plaisir que doit éprouver l'évadé qui vient de passer la frontière.

Je n'ai rien caché de tout cela à Lampron. Son amitié se réjouit, je le vois bien, d'une décision qui m'attache à Paris, mais sa raison proteste.

— Refuser est facile, m'a-t-il dit, remplacer l'est moins. Que vas-tu faire ?

— Je ne sais pas.

— Mon cher, tu me sembles te lancer en pleine aventure. A seize ans, cela peut être licite ; à vingt-quatre ans, c'est une faute.

— Tant pis, je la commets. S'il faut vivre de peu, eh bien! tu as passé par là, je ferai comme toi.

— C'est vrai, j'ai passé par la gêne, j'en ai même encore des accès comme d'une vieille fièvre chaude qui ne quitte pas tout d'un coup ses clients; mais c'est dur, je t'assure, de n'avoir pas le nécessaire; car, pour le superflu...

— Oui, c'est la chose dont personne ne se prive.

— Enfant incorrigible! m'a-t-il dit en riant.

Puis il s'est tu.

Le silence de Lampron est le seul argument qui lutte dans mon esprit en faveur de l'étude Brutus Mouillard. Allez donc deviner d'où viendra le vent!

5 juin.

Le sort en est jeté : je ne serai pas avoué. La tradition des Mouillard est définitivement brisée, Sylvestre définitivement vaincu, et moi je suis définitivement libre... et incertain de l'avenir.

J'ai écrit à mon oncle, pour lui confirmer mes résolutions, une lettre calme, polie et claire. Il ne m'a pas répondu, et je n'attendais pas de réponse.

En revanche, je m'attendais à quelques légers regrets, à quelqu'un de ces petits brouillards qui tournent volontiers autour de nos plus fermes volontés. Rien n'a monté de la plaine.

Mais la procédure s'est vengée. Abandonnée à Bourges, elle m'a ressaisi à Paris, pour un temps. J'ai reconnu qu'il m'est impossible de vivre avec quatorze cents francs de rente. Les amis que j'ai interrogés, discrètement et sans dire pour quel protégé, sur les moyens de gagner de l'argent, m'ont diversement répondu.

Le plus sensé de tous, qui devinait à quel protégé je m'intéressais, m'a dit :

— Tu as été principal clerc : redeviens-le.

Et la place se trouvant justement vacante, je suis rentré chez mon ancien patron. J'ai repris mon fauteuil et mon bureau de principal, entre la salle commune des clercs et le cabinet à tambour de maître Boule. Je revise les actes des clercs inférieurs, je reçois les clients et les renseigne sur leurs affaires, — ils me prennent souvent pour maître Boule lui-même ; — je vais au Palais presque tous les jours, coureur de greffes et de référés, et au théâtre une fois par semaine avec les billets gratuits de l'étude.

Il y a, dans l'étude, un vieux clerc qui n'a point eu d'autre carrière, et dont la figure m'apparaît comme un présage : un visage rouge, — influence du poêle, je pense, — des cheveux blancs plats ; quand on lui parle, l'air d'un mouton qu'on dérange, doux, étonné, légèrement ahuri. Il peut demeurer six heures assis sans se lever. Pendant que nous déjeunons au restaurant, il mange à l'étude je ne sais quelles provisions toujours enveloppées de papier, qu'il apporte le matin. Et le dimanche, pour se reposer, il pêche, la gaule remplaçant la plume et la boîte d'asticots l'encrier à éponge.

Nous avons déjà, lui et moi, un point de ressemblance. Le vieux clerc a eu un amour malheureux avec une fleuriste, mademoiselle Élodie. Il m'a conté cet unique drame de sa vie. Autrefois, cela me semblait bête et banal, ces amours vieilles de trente ans. Aujourd'hui, je comprends M. Jupille, je le goûte même. Il m'est devenu sympathique. Je ne le dérange plus de sa chaise près du poêle pour lui demander un renseignement : je vais à lui. Le dimanche, sur les quais de la Seine, parmi ce peuple ardent à la capture des ablettes, je le reconnais à ce qu'il est assis sur son mouchoir. Je l'aborde, et nous causons.

— Eh bien, monsieur Jupille, la pêche ?

— Ça ne mord guère.

— Le poisson diminue, n'est-ce pas ?

— Ah ! monsieur Mouillard, si vous aviez vu cela il y a trente ans !

Cette date revient toujours, à propos de tout. N'avons-nous pas chacun la nôtre, quelques mois peut-être, quelques jours, une heure de pleine joie, qu'une moitié de la vie prépare et dont l'autre se souvient ?

6 juin.

— Monsieur Mouillard, c'est une requête à fin d'assignation à bref délai dans une affaire nouvelle.

— Bien, donnez.

« A Monsieur le président du tribunal civil de la Seine, M. Plumet, encadreur, demeurant à Paris, rue Hautefeuille, n° 27, ayant maître Boule pour avoué, a l'honneur d'exposer... »

Il s'agit d'une créance en souffrance, l'affaire la plus banale du monde.

Elle est revenue, la petite dame Plumet, frisée, gantée, troussée à la mode. Elle était un peu intimidée en entrant dans la salle des clercs, qui aiment à rire. Les yeux baissés, conduite par Massinot, qui ne levait plus les siens, elle est arrivée à mon bureau. J'ai fermé la porte. Elle m'a reconnu.

— Ah ! quel bonheur ! monsieur Mouillard !

Elle m'a tendu la main si franchement, si gentiment, que je lui ai donné la mienne, et j'ai senti, à la pression énergique et parlante de cette main, que madame Plumet était vraiment contente.

— Comment, vous êtes rentré chez maître Boule ! Si je m'y attendais !

— Moi non plus, madame Plumet, je ne m'y attendais pas. Ainsi va la vie. Et monsieur Pierre, profite-t-il?

— Pauvre chéri, un peu moins depuis que j'ai repris mon ancien métier.

— Modiste?

— Oui, à mon compte, cette fois. J'ai loué l'appartement voisin du nôtre, sur le même palier. Plumet encadre, moi je chiffonne. J'ai déjà trois ouvrières, et des clientes ce qu'il en faut pour débuter. Je ne prends pas trop cher, voyez-vous, en commençant. Il m'est venu, toute des premières, une demoiselle bien aimable... que vous connaissez... Je ne lui ai pas parlé de vous, mais j'en ai eu bonne envie... A propos, monsieur Mouillard, la commission a été bien faite?

— Quelle commission!

— La grande, donc, pour le portrait au Salon!

— Certainement, très bien faite, je vous remercie.

— Elle est venue?

— Oui, avec son père.

— A-t-elle dû être contente! C'était si joli, ce dessin! Ah! je suis vraiment bien contente que la commission ait réussi!

— Vous êtes trop bonne, madame Plumet, mais tout est fini, elle se marie avec un autre.

— Avec un autre! ce n'est pas possible!

J'ai cru que madame Plumet allait se trouver mal. Elle eût appris que son fils Pierre avait le croup, qu'elle n'eût pas été plus émue. Sa poitrine se soulevait. Elle joignit les mains, elle me regarda avec une pitié douloureuse :

— Pauvre monsieur Mouillard!

Et deux larmes, deux vraies larmes coulèrent le long des joues de madame Plumet. J'aurais voulu les recueillir : ce sont les seules qu'une créature humaine ait versées pour moi depuis que ma mère est morte.

Il a fallu lui raconter tout, lui dire tout, jusqu'au nom de mon rival. Quand elle a su qu'il s'appelait le baron Dufilleul, son indignation n'a plus eu de bornes : elle s'est écriée que le baron était un être abominable, qu'elle savait sur lui des choses! — le connaît-elle seulement? — qu'un pareil mariage ne pouvait pas avoir lieu, que Plumet était sûrement de son avis...

En wagon, 10 juin.

Les fortifications sont franchies. Maisons peintes de la banlieue, usines, cabarets, masures sinistres dans les terrains vagues. Le train file à toute vitesse. Je suis parti, bien parti, personne ne m'arrêtera, ni Lampron, ni maître Boule, ni Plumet; ce vieux rêve va se réaliser : voir l'Italie!

Il y a huit jours, maître Boule me mande dans son cabinet.

— Monsieur Mouillard, vous parlez couramment l'italien, n'est-ce pas?

— Oui, monsieur.

— Voulez-vous faire un voyage aux frais d'un client!

— Volontiers, n'importe où.

— En Italie?

— Plus volontiers encore.

— Je le pensais bien, et je vous ai désigné au tribunal avant d'avoir votre consentement. Il s'agit d'une expertise à faire à Milan, d'une vérification d'actes de l'état civil et de quelques autres pièces invoquées par un prétendu héritier italien, pour établir ses droits à une assez grosse succession. Vous vous rappelez l'affaire Zampini contre Veldon et consorts?

— Parfaitement.

— Ce sont les titres de ce Zampini que vous devez

contrôler sur originaux, en compagnie d'un employé des Archives nationales et d'un interprète traducteur. Vous pouvez aller par la Suisse ou par la Corniche, comme il vous plaira. Vous avez six cents francs de crédit et je vous donne quinze jours de vacances. Cela vous va?

— Je le crois bien!

— Alors, faites vos malles, et partez. Vous devez être à Milan le 18 au matin.

J'ai couru annoncer la nouvelle à Lampron, bien étonné, un peu ému au nom d'Italie, et me voici en route, bercé par le rapide de Lyon, sans un regret pour Paris. Tout mon cœur est devant, vers la Suisse, où j'entrerai demain. J'ai choisi cette route verte pour me rendre au pays bleu.

En voyage.

Milan. — Me voici à Milan, la vieille cité pensante et active, but de mon voyage et berceau de l'honorable Porfirio Zampini, faussaire présumé. L'expertise ne commence qu'après-demain. J'en ai profité pour courir un peu la ville.

Il y a quatre choses à voir à Milan quand on est musicien et trois quand on ne l'est pas. Le Dôme, *vulgo* cathédrale; *le Mariage de la Vierge*, de Raphaël; *la Cène*, de Léonard, et, suivant les tempéraments, une représentation à la Scala.

J'ai commencé par le Dôme, et c'est en sortant de là que j'ai appris la nouvelle dont je suis encore troublé.

J'étais redescendu et j'errais dans le vaste vaisseau, de colonne en colonne, quand j'arrivai sous la coupole. Je levai les yeux, et l'abondance du jour doré me les ferma. Le soleil passant à travers les vitraux jaunes des fenêtres, tout là-haut, ceignait d'une couronne de flamme la voûte prodigieuse, se jouait sur les parois de cette cage en reflets qui descendaient en diminuant jusqu'à baigner le sol de leurs dernières lueurs, aube étrange, région splendide vers laquelle montaient la prière et les chants sacrés pour s'échapper vers l'infini.

Je sortis de là brisé, ivre de fatigue et de rayons, et, à peine rentré dans ma chambre de l'*Albergo dell' Agnello*, au cinquième, je m'endormis dans mon fauteuil.

Il y avait peut-être une heure que je dormais, quand il me sembla qu'une voix murmurait près de moi :

— Illustre signore!

— Qu'y a-t-il?

— Une lettre pour Votre Seigneurie. Comme elle est pressée, j'ai cru pouvoir me permettre de troubler le repos de Votre Seigneurie.

— Vous avez bien fait. Tomaso.

— Huit sous, s'il vous plait, que j'ai payés pour la lettre?

— En voici dix : inutile de me rendre.

Il se retira en m'appelant monsieur le comte : pour deux sous, ô Italie de Brutus!

La lettre était de Lampron, qui avait oublié de la timbrer.

« Mon ami, madame Plumet à laquelle tu n'as pas, je pense, donné la moindre mission en ce sens, est en ce moment fort occupée de tes affaires. Je dois t'en prévenir, car j'ai souvent remarqué dans quels embarras peut vous mettre le zèle inconsidéré d'un ami, surtout d'une amie.

» Je redoute quelque grave indiscrétion, voici pourquoi :

» Hier soir, M. Plumet est venu me trouver. J'ai eu du mal à lui arracher, à force de questions, et seulement à moitié, ce qu'il avait a me dire. La seule chose qu'il ait convenablement exprimée, c'est sa confusion d'avoir en madame Plumet une femme difficile à raisonner et à calmer.

» Il paraît qu'elle a repris son ancien métier de modiste et qu'une de ses premières clientes, — Dieu sait la route, — a été mademoiselle Jeanne Charnot.

» Or, lundi, mademoiselle Jeanne choisissait un chapeau. Elle était gaie comme le jour et sa modiste sombre comme la nuit.

» — Est-ce que votre fils est malade, madame Plumet?

» — Non, mademoiselle.

» — Vous paraissez si triste!

» Alors, suivant les expressions de son mari, madame Plumet a pris son courage à deux mains, et regardant bien en face sa jolie cliente :

» — Mademoiselle, pourquoi vous mariez-vous?

» — La drôle de question! Parce que je suis en âge de me marier, parce que j'ai été demandée, parce que toutes les jeunes filles se marient à moins qu'elles n'entrent au couvent ou qu'elles ne coiffent sainte Catherine. Pourquoi me demandez-vous cela?

» — C'est que, mademoiselle, on peut être heureuse en ménage, mais on peut être aussi bien malheureuse!

» Là-dessus, sur ce bel aphorisme, madame Plumet, ne pouvant se contenir, s'est mise à fondre en larmes.

» Mademoiselle Jeanne, qui riait d'abord, a été ensuite stupéfaite, puis vaguement inquiète.

» Elle n'a rien demandé, cependant, par dignité. Madame Plumet n'a rien ajouté, par timidité. Mais elles doivent se revoir après demain, toujours pour cause de chapeau.

» Ici, l'histoire s'embrouille. Je n'ai plus rien compris.

» Et voilà M. Plumet parti.

» Je t'avoue, ami, que je n'ai nulle envie de me mêler de ces commérages et d'aller demander à madame Plumet l'explication que n'a pu me donner son mari. J'attends.

S'il se passe quelque chose après-demain, j'en serai sûrement averti, et je t'en écrirai.

» Ma mère me charge de ses compliments pour toi. Elle te recommande de te bien couvrir le soir : les crépuscules, dit-elle, sont l'hiver des pays chauds.

» Cette chère maman est un peu fatiguée depuis deux jours. Elle a gardé le lit aujourd'hui. J'espère que ce ne sera rien qu'un rhume.

» Je t'embrasse.

» SYLVESTRE LAMPRON. »

Milan, le 18 juin.

L'expertise a commencé ce matin. Je n'aurais jamais cru que nous eussions tant de pièces, ni de si longues à examiner.

Nous opérons, mes collègues et moi, dans une salle du palais municipal del Marino, immense, abandonnée, et qui sert, je pense, de garde-meuble.

Les personnes présentes à l'expertise, outre les trois Français, sont : un petit juge italien, puis un greffier luisant de graisse, habits, cheveux, visage, d'une jovialité contenue, songeant voluptueusement aux sorbets qu'il va humer avec une paille dès que l'heure de la délivrance sera sonnée ; enfin, un être difficile à déterminer, employé, je suppose, dans quelque dépôt d'archives, simple manœuvre ici. Ce dernier me fait l'effet d'être fort avant engagé dans les intérêts de *signore* Porfirio Zampini, car, à plusieurs reprises, quand son ministère l'obligeait à nous apporter quelques pièces, il a susurré à mon oreille :

— Si vous saviez, illustrissime seigneur, quel homme c'est, le Zampini, quel noble cœur, quel paladin !

Remarquez que le paladin est marchand de macaroni et

véhémentement soupçonné d'avoir voulu berner la justice française.

Il a fallu, sous l'accablante chaleur qui pénètre par les fenêtres, les portes, les pierres même des murs que grille le soleil, écouter des nomenclatures, et lire, et compulser! Mon collègue des Archives ne donnait aucun signe de fatigue.

Moi, j'étais sur des charbons, au sens propre et au sens figuré. Au moment où j'entrais dans la salle, cet archiviste justement m'avait remis une lettre, une lettre de Lampron, épaisse et de large format. Évidemment, quelque gros événement s'était passé.

Je coupe l'enveloppe, je déplie la lettre : huit pages! Et je commence.

« Mon ami, malgré l'inquiétude où je suis au sujet de ma mère, malgré les soins que nécessite sa maladie aujourd'hui déclarée, une fluxion de poitrine, je veux te faire le récit des événements qui ont eu lieu rue Hautefeuille, et qui sont des plus graves... »

La lettre est importante. Ma foi! tant pis, j'achève :

« J'essayerai de reconstituer la scène d'après les renseignements détaillés que j'ai recueillis.

» Il est dix heures moins un quart du matin. Quelqu'un sonne à la porte de M. Plumet. La porte vis-à-vis s'entre-bâille, et madame Plumet regarde. Elle se retire vivement, troublée, celui qui arrive est son ennemi, ton rival, M. Dufilleul.

» Il ne se doute de rien, il entre, gras, fleuri, gants jaunes, son caniche dans les jambes.

» — Le portrait est encadré, Plumet?

» — Oui, monsieur le baron, oui, oui.

» Il est content du cadre très riche et très ouvragé qu'a composé Plumet,

» — Bien, bien. Ça vaut?

» — Cent vingt francs!

» — Six louis : vous êtes cher!

» — C'est mon prix pour ces ouvrages-là, monsieur le baron. Je suis très pressé, monsieur le baron.

» M. Plumet est très digne, très mécontent et très inquiet. Il voudrait évidemment ce client dehors.

» Un frôlement de robe dans l'escalier. Il pâlit, regarde par la porte entr'ouverte où le caniche allonge son museau, et s'avance vivement pour la fermer.

» Il est trop tard.

» Quelqu'un l'a poussée sans bruit, et, debout sur le seuil, en toilette du matin, mademoiselle Jeanne, de son œil clair et de son plus beau sourire, contemple Plumet qui recule d'effroi et Dufilleul qui n'a rien vu.

» — Ah! monsieur, je vous y prends!

» Dufilleul tressaute, et serre d'un mouvement involontaire le portrait contre son gilet.

» — Mademoiselle... Ah! vraiment, mademoiselle, vous veniez...

» — Chez madame Plumet. Trouvez-vous cela mal?

» — Non certainement... incontestablement...

» — Seulement, je suis curieuse et je demande à voir ce que vous cachez là?

» — Un portrait.

» — Passez-le moi.

» — Volontiers : ce n'est malheureusement que le mien.

» — Pourquoi malheureusement? Mais vous êtes flatté, au contraire.

» — Vous le trouvez bien?

» — Oui.

» — Alors je vous le donne, mademoiselle.

» — Il n'était donc pas pour moi?

» — C'est-à-dire... Eh bien! non, à parler franchement, c'est un cadeau de noces, un souvenir... Ce portrait est destiné à un de mes amis qui habite Fontainebleau.

» — Monsieur?

» — Gonin, notaire.

» — Permettez, mademoiselle, dit madame Plumet, je ne veux pas vous laisser tromper ainsi, chez moi. Mademoiselle, ça n'est pas vrai!

» — Qu'est-ce qui n'est pas vrai, madame?

» — Que ce portrait-là soit pour Monsieur Gonin ou pour quelqu'un de Fontainebleau.

» Mademoiselle Charnot se redresse sous le coup.

» — Et pour qui donc?

» — Pour une actrice!

» — Prenez garde, madame!

» — Pour mademoiselle Tigra, des Bouffes.

» — Infamie! s'écrie Dufilleul, mais prouvez donc, madame, prouvez donc!

» — Regardez au dos, répond tranquillement madame Plumet.

» Mademoiselle Jeanne, qui n'a pas lâché la miniature, la retourne, lit, devient toute blanche, et la tend à son fiancé.

» — Qu'y a-t-il donc? dit Dufilleul, en se penchant.

» Il y avait : « Remis par M. le baron du F.... pour » mademoiselle T...., boulevard Haussmann. Envoyer » jeudi ».

» — Vous voyez bien, mademoiselle, que ce n'est pas là mon écriture. L'invention est abominable. Monsieur Plumet, je vous somme de désavouer votre femme. Elle a écrit un mensonge; dites, dites-le!

» L'encadreur cache sa tête dans ses mains et ne répond pas.

» — Comment, Plumet, vous vous taisez!

» Mademoiselle Charnot avait franchi le seuil.

» — Que faites-vous, mademoiselle? Restez, vous voyez bien qu'ils mentent!

» Elle était déjà au milieu du palier. Dufilleul la rejoint, l'arrête par la main.

» — Jeanne, Jeanne, restez!

» — Laissez-moi, monsieur.

» — Non, écoutez-moi. Tout ceci est une inconcevable méprise. Je vous jure...

» A ce moment, une voix aiguë monte du bas de l'escalier.

» — Eh! Georges! est-ce bientôt fini?

» Dufilleul, perdant subitement contenance, lâche la main de mademoiselle Charnot.

» La jeune fille se penche au-dessus de la rampe. Au fond de la cage de l'escalier, juste au-dessous d'elle, une femme, la tête levée, la bouche encore entr'ouverte, regarde en haut. Leurs yeux se rencontrent. Jeanne détourne aussitôt les siens.

» Puis, s'adressant à madame Plumet, immobile et transie le long du mur :

» — Maintenant, madame, dit-elle, allons choisir mon » chapeau.

» Et elle ferme derrière elle la porte de la modiste.

» Voilà, mon ami, le récit exact de ce qui s'est passé rue Hautefeuille. Je l'ai recueilli de la bouche de madame Plumet, qui ne se tenait pas d'aise en me racontant la réussite de ses plans et comment sa blanche main avait guidé celle du vieux hasard. Car, tu le devines, cette rencontre de Jeanne et de son fiancé, si redoutée de l'encadreur, avait été combinée, à l'insu de tous, par madame Plumet, et la fâcheuse inscription était encore son fait.

» Je n'ai pas besoin d'ajouter que mademoiselle Charnot, épuisée par cette scène, a eu un instant de faiblesse nerveuse,

» Voici donc ce qui me paraît acquis : mademoiselle Jeanne Charnot ne s'appellera jamais madame Dufilleul.

» Ne t'exagère pas, surtout, les chances qui peuvent résulter pour toi de cet accident.

» En tous cas, ne t'avise pas de revenir, car je te sais capable de tous les coups de tête, même les plus bêtes. Reste, expertise et attends.

» Nous traversons, ma mère et moi, une cruelle épreuve. Elle est souffrante, très souffrante même. J'aimerais mieux son mal que l'inquiétude que j'ai.

» Ton ami,

» SYLVESTRE LAMPRON.

» *P. S.* — Au moment de clore ma lettre, je reçois un billet de madame Plumet m'avertissant que monsieur et mademoiselle Charnot ont quitté Paris. Où sont-ils? Elle l'ignore. »

Milan, le 25 juin.

Notre mission a pris fin aujourd'hui. Zampini est un simple farceur. En présence de preuves indéniables, il a reconnu qu'il avait voulu « zouer un tour » aux héritiers de France en se portant héritier lui-même, alors qu'il lui manquait deux degrés de parenté pour prétendre à cette qualité.

Mes collègues l'archiviste et le traducteur doivent quitter Milan après-demain. Je les accompagnerai.

Milan, le 26 juin.

Je viens de recevoir une troisième lettre de Sylvestre. Mon pauvre ami est bien malheureux : sa mère est morte, l'excellente, la sainte madame Lampron.

Il me décrit les derniers moments de sa mère, sa sérénité en face de la mort, et il ajoute :

« Une chose que tu ne comprendras peut-être pas, c'est que j'éprouve un remords qui se mêle à mes regrets. J'ai vécu quarante ans auprès d'elle, et, certes, j'ai confiance d'avoir été ce qu'on appelle un bon fils. Mais, quand je compare les preuves d'affection que je lui ai rendues à celles qu'elle m'a données, les sacrifices que j'ai faits pour elle à ceux qu'elle a faits pour moi, je me trouve ingrat et indigne du bonheur que j'ai eu.

» O mon ami, de quelles douceurs de devoir je me suis privé ! Je veux, du moins, remplir fidèlement ses derniers vœux : il en est un dont je dois te parler.

» Tu sais que ma mère a toujours vu avec déplaisir que je conservais dans ma maison le portrait de celle qui fut ma première et ma dernière passion. A son lit de mort, elle m'a demandé d'abandonner ce portrait à ceux qui, depuis longtemps, devraient le posséder.

» J'ai promis.

» Et maintenant, mon ami, aide-moi à tenir ma promesse. Je ne veux pas écrire : ma main tremblerait, ou la leur quand ils me liraient. Va les trouver.

» C'est à cinq lieues de Milan, sur la route de Monza et au delà de cette ville, à quelque distance du bourg de Desio. La villa s'appelle, du nom de ses maîtres, Dannegianti. Tu feras passer à la vieille châtelaine ma carte avec la tienne. Tu seras reçu. Alors, avec les ménagements que tu croiras utiles, tu annonceras que, la mère de Sylvestre Lampron l'ayant à son lit de mort désiré, le portrait de Rafaella est à jamais donné à la villa Dannegianti. Donné, entends-tu bien ?

» Tu peux même annoncer l'envoi. Je viens de me concerter avec M. Plumet, qui se charge de l'emballage. C'est un homme adroit, comme tu sais. Demain, tout sera terminé et ma maison complètement vide.

» Je me réfugierai dans le travail, et je compte un peu sur toi pour adoucir les rigueurs de cette consolation.

» SYLVESTRE LAMPRON. »

Quand je reçus la lettre de Lampron, à dix heures du matin, j'allai tout de suite trouver le maître de l'*Albergo dell' Agnello*.

— Vous pouvez me procurer une voiture pour Desio, n'est-ce pas?

— Un parfait! A trois heures et demie, quand la chaleur sera un peu tombée, Votre Seigneurie trouvera les chevaux attelés. Elle aura tout le temps de se rendre à Desio avant le coucher du soleil, et reviendra pour souper.

A l'heure dite, on vint m'avertir, en effet. Mon hôte avait doublement tenu parole, car les chevaux traversèrent Milan d'un trot allongé dont ils ne se départirent pas quand nous prîmes la route de Côme, au milieu de ces plates et fertiles campagnes surnommées le jardin de l'Italie.

En une heure et demie, après quelques minutes de repos à Monza, le cocher arrêtait ses bêtes devant la première maison de Desio, une auberge.

L'auberge, bien pauvre, était située à l'angle de la grand'rue et d'un chemin qui s'enfonçait dans la campagne.

J'entrai : tout un monde d'abeilles et de frelons tourbillonna sous les platanes. Une poule blanche, effarée, s'échappa en criant de son nid de poussière. Personne ne se montra. J'ouvris la porte : personne encore, deux chambres, à droite et à gauche d'un corridor, un escalier de bois au fond. La maison, bien close, était sombre et fraîche. Pendant que, debout sur le seuil, j'habituais mes yeux à la demi-obscurité de l'intérieur, j'entendis, à droite, un bruit de voix.

Une conversation, en français, dans cette chambre d'auberge! Un pressentiment me saisit. J'avance doucement jusqu'à la porte de droite.

Dans l'ombre de la chambre, une jeune fille est assise au-dessous de son chapeau qui pend à un clou. Séparé d'elle par la largeur de la table, renversé sur sa chaise et appuyé le long du mur blanc, son père, les yeux au plafond, les bras croisés, le teint vif, manifeste le plus violent dépit. J'entre, tous deux se lèvent : Jeanne d'abord, puis M. Charnot. Ils sont stupéfaits.

Je ne le suis pas moins qu'eux.

Le premier, M. Charnot rompt le silence. Il ne paraît pas précisément satisfait de mon apparition, et, se tournant vers sa fille devenue très rouge et un peu hautaine :

— Jeanne, remets ton chapeau, il est temps de nous diriger vers la gare.

— Je n'ai qu'un renseignement à demander, et vous pourriez peut-être me le donner, monsieur : quel est le chemin pour me rendre à la villa Dannegianti?

M. Charnot se posa devant moi, les yeux dans les miens, haussa les épaules, et éclata de rire.

— La villa Dannegianti!

— Oui, monsieur.

— Vous allez à la villa Dannegianti?

— Oui, monsieur.

— On n'entre pas.

— Mais j'ai une lettre d'introduction?

— J'en avais deux, moi, monsieur, sans compter mon titre qui est bien quelque chose et qui m'a ouvert les portes de plus d'une collection étrangère : ils m'ont éconduit! Vous m'entendez bien, le concierge de cette insolente maison m'a éconduit! Et vous croyez être plus heureux?

— Je l'espère.

Ma réponse lui parut le comble de la présomption.

— Viens, Jeanne, dit-il; laissons monsieur à ses juvéniles illusions. Elles ne seront pas longues, pas longues.

Il me salua avec un sourire plein de sous-entendus, et marcha vers la porte.

— Monsieur, lui dis-je, je regrette beaucoup que vous soyez obligé de retourner aussi promptement à Milan : je suis absolument sûr d'être reçu à la villa Dannegianti, et j'aurais été heureux de réparer une injustice qui n'est évidemment imputable qu'à la maladresse des gens de service.

Il s'arrêta, le coup avait porté.

— En effet, monsieur, il est possible que ni ma carte ni mes lettres n'aient été lues. Mais permettez-moi de vous demander, puisque les miennes ne sont pas parvenues, quel secret vous avez pour faire parvenir les vôtres?

— Un secret bien simple et qui ne tient à aucun mérite personnel. Je suis porteur, pour les possesseurs de la villa, de nouvelles du plus sérieux intérêt et d'ordre purement privé. Il faut que je leur parle. Mon premier soin, une fois ma mission remplie, eût été de vous annoncer; vous auriez pu entrer et contempler une collection de médailles, qui est assez belle, je crois.

— Unique, monsieur!

— Mais vous partez, et moi-même je quitte Milan demain pour retourner à Paris.

— Il y a donc quelque temps que vous êtes en Italie?

— Près de quinze jours.

M. Charnot regarda sa fille d'un air d'intelligence, et devint subitement plus aimable.

— Je vous croyais tout nouvellement arrivé. Nous

sommes ici depuis moins longtemps, ajouta-t-il. — Ma fille s'est trouvée un peu fatiguée, les médecins nous ont conseillé de voyager, de changer d'air. Et vous prétendez, monsieur, que, grâce à vous, nous aurions été reçus à la villa ?

— Grâce à la mission dont je suis chargé, oui, monsieur.

M. Charnot hésitait. Il pensait à la tache d'encre et plus sûrement encore aux confidences de M. Mouillard. Mais il réfléchit sans doute que Jeanne ignorait la démarche du vieil avoué, que nous étions bien loin de Paris, que l'occasion était unique, et la passion du numismate triompha tout à la fois des ressentiments du bibliophile et des scrupules du père de famille.

Nous sommes rendus à la grille de la villa Dannegianti, laquelle n'est pas distante d'un kilomètre de l'auberge.

Je sonne. Le gros Italien indolent et insolent qui sert de concierge s'apprête déjà à m'éconduire du même air et de la même phrase qui lui ont tant de fois servi. Mais j'explique, dans mon meilleur toscan, que je ne suis pas de l'espèce commune, touriste solliciteur ; je lui déclare qu'il encourt la plus terrible des responsabilités s'il ne remet pas, à l'instant même, ma carte et ma lettre à la comtesse Dannegianti. Tournant sur ses talons, ses clefs d'une main, la lettre de l'autre, il s'éloigne par l'avenue ombreuse.

Le bonhomme reparaît, solennel et impassible. Sans rien dire, il ouvre la grille. Nous passons tous, M. Charnot un peu ému d'entrer en fraude, ce que je devine au redressement soudain de sa tête. Jeanne est contente.

Nous arrivons au perron. Il est convenu que monsieur et mademoiselle Charnot attendront, dans les allées voisines, la permission de visiter le musée que je vais demander pour eux.

J'entre, précédé d'un domestique. Nous traversons un vestibule immense, coupé par des colonnes de marbres rares, aux murs ornés de fresques assez ordinaires mais largement ordonnées. Au fond s'ouvre la chambre de la comtesse.

A mon approche, une vieille femme se lève à demi d'un fauteuil qui pourrait lui servir de maison, tant il est grand et tant elle est petite. Je ne distingue d'abord que deux yeux, mobiles et inquiets. Je commence par lui apprendre la mort de madame Lampron. Sa seule réponse est un signe d'attention. Elle devine qu'il y a autre chose, et tient son cœur en garde. Je poursuis, je lui annonce l'envoi du portrait de sa fille. Alors elle oublie tout, son âge, son rang, l'espèce de dignité triste où elle se renfermait tout à l'heure; la mère seule parle en elle; elle court à moi, me tend les bras, et je sens sur mon épaule son vieux corps usé qui sanglote. Elle me remercie avec un flot de paroles que je n'entends pas.

— Que vous êtes bon, monsieur, et lui, qu'il est généreux! Comment vit-il? Accablé comme nous? A-t-il surmonté la douleur dont sa jeunesse fut frappée ici?... Les hommes oublient plus vite, heureusement... Je n'espérais plus guère posséder ce portrait, monsieur. Chaque année, les fleurs que j'envoyais voulaient dire : « Rendez-nous ce « qui reste d'elle, de la Rafaella qui est morte. » C'était cruel peut-être, et je me le reprochais parfois. Mais, moi, sa mère, comprenez-vous, mère de cette enfant unique! Et ce portrait est si beau, si ressemblant!... »

Elle me quitte là-dessus, aussi vite qu'elle est venue à moi, et va ouvrir, à gauche, une porte donnant dans l'appartement voisin.

Le reflet de tentures rouges glisse sur le parquet.

— Cristoforo, dit-elle, Cristoforo, venez voir un Français

qui nous apporte une grande nouvelle : le portrait de notre Rafaella, Cristoforo, le portrait tant désiré nous est enfin abandonné ! Ce sera une grande joie pour vous, je le sais, et vous vous joindrez à moi pour remercier le généreux monsieur Lampron... Vous lui exprimerez, monsieur, toute la reconnaissance du comte et la mienne, et aussi la part que nous prenons à son deuil récent. Nous lui écrirons, d'ailleurs... monsieur Lampron est-il riche, monsieur?

— J'avais omis de vous dire, Madame, que mon ami n'acceptera rien autre chose qu'un remerciement.

— Oh! noble cœur, bien noble cœur. N'est-ce pas, Cristoforo?

Pour toute réponse, le vieux seigneur me reprit les mains, et les resserra.

J'en profitai pour lui présenter ma requête en faveur de M. Charnot. Il écouta gravement.

— Je vais donner des ordres. Vous pourrez tout visiter, absolument tout.

Et, jugeant l'audience finie, il me salua, et se remisa dans ses appartements.

Je cherchai des yeux la comtesse Dannegianti. Elle s'était assise dans son grand fauteuil, et pleurait à chaudes larmes...

Dix minutes plus tard, M. Charnot et Jeanne pénétraient avec moi dans le musée si jalousement défendu de la villa.

Le nom de musée convient vraiment à de pareilles richesses artistiques, occupant tout le rez-de-chaussée, à droite du vestibule. Deux salles parallèles sont pleines de tableaux, de gravures, de médailles ; une troisième, perpendiculaire, les relie, et sert de galerie de sculpture.

A peine la porte ouverte, M. Charnot chercha les fameuses vitrines. Au milieu de la salle précisément, les voici sur deux rangs... Il était fort ému.

Il tira son mouchoir, ses lunettes, essuya les verres, et,

durant cette opération, jeta un coup d'œil rapide, accompagné d'une moue caractéristique, sur les œuvres pendues aux murs. Rien ne captiva ce cœur si violemment épris de la numismatique. Et quand il eut voluptueusement constaté quels faibles attraits peut offrir, en comparaison, un Titien ou un Véronèse, alors seulement M. Charnot, à petits pas, s'avança vers la première vitrine.

Il eut un sourire d'amitié qui voulait dire :

— Je m'amuse bien, merci ma fille, *va piano, va sano.*

Cela valait une permission. Nous fîmes notre visite, saluant au passage Tintoret et Titien, Véronèse et Andrea Solari, le vieux Cimabuë et quelques primitifs peignant des Vierges droites sur des fonds d'or.

Jeanne ne s'ennuyait pas.

Bientôt nous eûmes fait le tour de la première salle et nous entrâmes dans celle du fond, réservée à la sculpture. Les dieux et les déesses de marbre, les beaux fragments de frises ou de corniches provenant des fouilles de Rome, de Pompéi ou de la Grèce, ne touchèrent que médiocrement mademoiselle Charnot. Un seul regard à chaque statue, quelquefois pas du tout. Nous fûmes bientôt au bout de la galerie, près de la porte donnant accès dans la seconde salle de peinture.

Tout à coup, Jeanne eut un geste de surprise :

— Qu'est-ce que cela? demanda-t-elle.

Au-dessous de la haute et large fenêtre derrière laquelle se balançaient les ondes vertes des arbres, un panneau de bois portant une inscription était posé à terre. Les mots peints en noir sur fond blanc étaient disposés selon un art savant, avec ce goût du style lapidaire que les Italiens cultivent encore.

J'écartai les plis d'un rideau, et je lus :

A te Rafaella Dannegianti — Che — Nata da venti anni, et poco più — Avesti esperienza piena — Delle illusioni e dei dolori di questo mondo — E il giorno 6 gennaio — Come angelo che anela al suo cielo — Serena e contenta te ne volasti a Dio — Il clero di Desio — Gl'impiegati et gli artisti della Eccma casa Dannegianti — Queste solenni esequie.

— C'est une de ces inscriptions funèbres, mademoiselle, qu'on suspend aux portes des églises, le jour de l'inhumation ou du service dans cette partie de l'Italie : « A vous — Rafaella Dannegianti — qui — à l'âge de vingt ans — après avoir fait la pleine expérience des illusions et des douleurs de ce monde — le 6 janvier — comme un ange soupirant vers le ciel — sereine et contente vous êtes envolée à Dieu — de la part du clergé de Desio — des serviteurs et des artistes de l'excellentissime maison Dannegianti — ces solennelles obsèques. »

— Cette Rafaella, monsieur, était la fille du comte?

— Son unique enfant, très belle et d'une grâce parfaite.

— Belles, parfaites, les filles uniques ne le sont-elles pas toujours une fois mortes? dit-elle avec un sourire amer. Elles ont leur légende, leur culte et un portrait généralement flatté. Je m'étonne de ne pas voir ici celui de Rafaella que j'imagine comme une grande personne aux sourcils longs et bien arqués, aux yeux bruns...

— Brun vert.

— Vert, si vous voulez, avec un nez assez court, des lèvres de cerise, une abondante chevelure blonde.

— Brun doré serait plus juste.

— Vous l'avez donc vu? Il existe?

— Oui, mademoiselle, il n'y manque rien de ce que vous imaginez, pas même cette expression de jeunesse heureuse qui devint un mensonge à peine l'huile était-elle sèche, et devant cette relique qui me le rappelle, je me sens péniblement ému, je vous l'avoue.

Elle me regarda, étonnée.

— Où cela? pas ici?

— A Paris, chez mon ami Lampron.

— Ah! fit-elle en rougissant faiblement.

— Oui, mademoiselle, c'est à la fois un chef-d'œuvre et un douloureux souvenir. L'histoire en est très simple, et je suis sûr que mon ami me permettrait de vous la dire, à vous seule, devant ces restes du passé. Lampron, très jeune, voyageant en Italie, a aimé cette jeune fille dont il faisait le portrait. Il l'aimait sans se l'avouer peut-être, en tous cas, sans le lui avouer. C'est la manière des humbles, des timides, presque toujours méconnue quand elle ne demeure pas inconnue. Mon ami avait joué le bonheur de sa vie sans calculer, sans se défier de rien : il a perdu. Un jour, Rafaella Dannegianti a été emmenée par ses parents, tremblants à la pensée d'une mésalliance avec un peintre, même de génie.

— Et elle est morte?

— Après un an. Mon ami ne s'est jamais consolé. Et, tandis que je vous parle, lui, là-bas, songe et pleure sur ces mêmes lignes que vous venez de lire sans en soupçonner toute l'amertume.

— Il a connu l'abandon, dit-elle, je le plains de tout mon cœur.

Ses yeux étaient remplis de larmes. Elle répéta ces mots, à présent clairs pour elle : *A te, Rafaella*. Puis, doucement, elle se laissa tomber à genoux devant la funèbre inscription. Je vis sa tête se courber. Jeanne pria.

Je m'étais, un peu intimidé, retiré de quelques pas.

M. Charnot parut.

Il arriva jusqu'auprès de sa fille, et lui toucha l'épaule. Elle se releva rougissante.

— Tu vois bien que c'est un panneau moderne, qui n'a

aucune valeur... Monsieur, ajouta-t-il en se tournant vers moi, je ne sais quels sont vos projets, mais si vous ne couchez pas à Desio, sortons, car la nuit vient.

Nous sortîmes.

M. Charnot tira sa montre.

— Huit heures sept minutes. A quelle heure part le dernier train, Jeanne?

— Sept heures cinquante.

— Sapristi, nous sommes bloqués dans Desio! La seule pensée de coucher dans cette auberge me donne le frisson. A moins que monsieur Mouillard n'obtienne pour nous une voiture de gala du comte Dannegianti, je ne vois pas le moyen d'échapper. Il n'y a pas un fiacre dans ce maudit bourg!

— Il y a le mien, monsieur, qui se trouve, par bonheur, être à quatre places. Je le mets à votre disposition.

— Et j'accepte, ma foi! Un retour au clair de lune, ce sera poétique.

Il s'approcha de Jeanne, et lui dit à demi-voix :

— Pourvu que tu sois assez couverte! As-tu bien un châle, une capeline, enfin un pallium quelconque?

Elle fit un petit signe de tête amical.

— Tranquillisez-vous, père, tout est prévu.

A huit heures et demie, nous quittons Desio, tout ensemble. M. Charnot et Jeanne avaient pris place dans le fond du landau découvert. Je faisais face à M. Charnot, mis en belle humeur par tant de médailles qu'il avait vues. Bien enfoncé dans les coussins, animé, l'index mobile et narrateur, insouciant des accidents de la route, il avait entrepris de me raconter son voyage en Grèce, lorsque, chargé d'une mission scientifique par le ministre de l'Instruction publique, il avait pris le chemin de l'Hellade, l'œil ébloui d'avance par les visions d'Homère. Il parlait bien, avec des détails précis, mêlant des souvenirs d'érudit à des impressions d'artiste.

J'avoue à ma confusion que je n'écoutai pas tout et que je gardai, suivant une coutume qui m'est chère, un peu de ma liberté de pensée, en lui laissant toute liberté de parole. Il y mit de la discrétion, d'ailleurs, et voulut bien s'arrêter aux frontières de Thessalie. Il y eut un silence. Je le laissai s'allonger. Bientôt, le bercement de la voiture aidant, la source des souvenirs tarit, et M. Charnot s'endormit.

Mais à mesure que l'ombre effaçait la terre, le ciel multipliait ses étoiles. Jamais je n'en ai tant vu, ni de si claires. Jeanne, appuyée en arrière, la tête un peu renversée, regardait cette région immense de tous les rêves et de toutes les prières, d'où descendait sur son front une lueur infiniment douce. Fatiguée, triste, distraite, je ne sais? Il y avait sur son visage et dans son attitude une poésie singulière, et c'est en elle que m'apparaissait, résumée, condensée, toute la beauté de la nuit.

Je n'osais lui parler. Le sommeil de son père, l'absence de témoin me gênait.

Ce fut, en fin de compte, elle-même qui rompit le silence.

Un peu après Monza, elle rajusta son châle que le vent soulevait, et se pencha vers moi.

— Mon père est un peu fatigué, monsieur. Vous l'excuserez : il est debout depuis cinq heures. Vous lui avez procuré une vraie joie, monsieur, dont il vous sera sûrement reconnaissant.

— J'espère que ce souvenir-là en effacera un autre, celui de la tache d'encre, un remords pour moi, mademoiselle.

— Un remords, c'est bien grossir les choses.

Je vis un instant ses yeux fixés sur moi avec une attention qu'elle ne m'avait pas encore accordée.

Il y eut un moment de silence.

— Cette Rafaella dont vous m'avez parlé méritait les longs regrets de votre ami?

— Je le crois.

— C'est une histoire touchante, vraiment. Vous aimez beaucoup monsieur Lampron?

— De tout mon cœur, mademoiselle : un ami si dévoué, si franc, vous l'estimeriez bien vite, j'en suis sûr, si vous le connaissiez.

— Mais je le connais, au moins par ses œuvres... Où suis-je, à propos, monsieur, où se trouve mon portrait?

— Chez Lampron, dans la chambre de sa mère où monsieur Charnot peut l'aller voir.

— Ainsi monsieur Lampron a gardé le dessin : je le croyais depuis longtemps égaré, vendu...

— Vendu!

— Oh! non, il était incapable de cela. Non, il ne l'aurait pas vendu, pas plus qu'il n'a vendu le portrait de Rafaella Dannegianti... Ce sont là, mademoiselle, deux reliques semblables, deux chers souvenirs.

Mademoiselle Charnot se détourna, sans répondre, du côté de la campagne qui fuyait toute noire à nos côtés.

Comme elle continuait de se taire, son silence m'enhardit.

— Oui, deux reliques semblables, mademoiselle, et cependant quelquefois, dans des heures de folie... aujourd'hui surtout, là, près de vous, la pensée m'est venue que j'étais moins malheureux que mon ami... que son rêve à lui était à jamais fini... et que le mien pourrait renaître... si vous vouliez.

Elle tourna la tête d'un mouvement rapide, et je vis, dans la nuit, ses yeux attachés sur les miens.

L'ombre m'a-t-elle trompé sur le sens de cette réponse

muette, ai-je été le jouet d'une illusion nouvelle? Il me sembla que Jeanne était triste, qu'elle songeait peut-être aux serments si vite oubliés d'un autre, mais qu'elle ne m'en voulait pas.

Ce ne fut, d'ailleurs, qu'un instant. Elle éleva la voix.

— Ne trouvez-vous pas que le vent est très vif ce soir?

Un soupir prolongé sortit du fond de la voiture. C'était M. Charnot qui s'éveillait.

Dix minutes plus tard la voiture s'arrêtait, et M. Charnot me serrait les mains devant la porte de son hôtel.

— Au revoir, jeune homme, et merci pour ce retour qui a été excellent, véritablement excellent. Nous partons demain pour Florence.

15 juillet.

Quelle chaleur, grand Dieu! Je reviens d'un pays chaud : ce n'était rien auprès de Paris en juillet. L'asphalte fond sous le pied, le pavage en bois mijote dans un liquide goudronneux, l'idéal s'abaisse vingt fois le jour jusqu'à la chope de bière fraiche, les murs m'éclaboussent de chaleur, la poussière des jardins publics s'élève sous l'arrosage et retombe un peu plus loin, en nuée blanche, sur les passants : une chose m'étonne, c'est que le canon du Palais-Royal ne parte pas toute la journée.

Pour comble de misère, toutes mes relations sont aux champs : madame et mesdemoiselles Boule se baignent à Trouville; le deuxième clerc n'est pas rentré de vacances; le quatrième m'attendait pour décamper; Lampron, retenu par l'ombre des bois, ne donne pas signe de vie; monsieur et madame Plumet eux-mêmes ont mis la clef sous la porte et pris le train pour Barbizon.

Cela nous rapproche, M. Jupille le vieux clerc et moi.

Petit à petit je l'ai mis dans mes secrets, par besoin d'un confident, parce que j'étouffais, au moral comme au physique.

Hier, par exemple, il m'a murmuré à l'oreille :

— J'ai passé rue de l'Université ; ils ne vont pas tarder à rentrer, vous savez.

— A quoi l'avez-vous vu ?

— J'ai vu le charbonnier qui montait deux sacs de charbon, et je lui ai demandé pour qui c'était, voilà !

Et tout à l'heure encore, nous avons eu un entretien qui prouve quel chemin j'ai fait dans le cœur du vieux praticien. Il venait de me soumettre un acte de conclusions. La lecture achevée et le grognement approbatif accordé, M. Jupille ne se retirait pas.

— Est-ce que vous avez à me parler, monsieur Jupille ?

— Quelque chose à vous demander, un service, un honneur plutôt.

— Voyons.

— Ces temps-ci, monsieur Mouillard, sont de jolis temps pour la pêche, un peu chauds... Voulez-vous bien venir dimanche prochain faire une partie de pêche avec nous ? Je dis nous, parce que j'aurai avec moi un de vos amis qui est un fin amateur, et qui m'honore aussi de son amitié.

— Qui donc ?

— Un secret, monsieur Mouillard, un petit secret. Vous serez bien étonné. Est-ce convenu, dimanche prochain ?

— Où ça ?

— Chut ! le petit clerc a l'air d'écouter. C'est un malin ; je vous dirai cela une autre fois.

20 juillet.

J'ai revu Lampron, bien triste et bien brave. Nous avons d'abord un moment causé de sa mère. Je louais l'humble femme du bien qu'elle m'avait fait. Et lui, renchérissant sur la louange :

— Ah! disait-il, que serait-ce si tu l'avais connue davantage? Si je suis un honnête homme, mon cher, si j'ai traversé sans faiblir les épreuves de la vie et de ma profession, si je vaux quelque chose par l'esprit et par le cœur, c'est à elle que je le dois. Elle ne m'a jamais quitté : voilà la première séparation, et c'est la grande. Je n'y étais pas préparé.

Puis, changeant brusquement de sujet :

— Eh bien, m'a-t-il dit, l'ancien amour?

Je lui racontai le voyage à Desio et notre dialogue dans la voiture, sans rien omettre.

Il écouta en silence, et, quand j'eus fini :

— Mon ami Fabien, il n'y a pas à hésiter. Dans huit jours, il faut que ta demande soit faite.

— Dans huit jours? Et par qui?

— Par qui tu voudras, c'est ton affaire.

21 juillet.

Jupille m'avait donné par écrit, — c'est sa meilleure manière de s'expliquer, — les renseignements les plus précis. Je pouvais, sans doute, prendre le chemin de fer jusqu'à Massy ou jusqu'à Bièvres. Mais c'était bien plus joli de faire la route à pied, depuis Sceaux. Dans cette hypothèse, je devais laisser Chatenay à gauche, couper les bois de Verrières en suivant la ligne des forts, descendre entre Igny et Amblainvilliers, trouver enfin cet endroit où la Bièvre, élargissant ses eaux entre deux bords plantés d'aulnes, forme un golfe minuscule, clair comme une fontaine et poissonneux comme un vivier.

— Surtout n'en parlez pas! m'avait recommandé Jupille : il est à nous, c'est moi qui l'ai trouvé.

Quand je quittai Sceaux, pour rejoindre Jupille parti avant le jour, le soleil était déjà haut. Pas un nuage, pas un souffle, partout l'implacable été. Mais si la chaleur était grande, la route était superbe. Parfois, dans les clairières roussies, je m'arrêtais pour chercher mon chemin. Et puis, en avant encore par les sentiers du bois, sous le couvert des feuilles saturé d'odeurs lourdes, en avant sur la mousse glissante, vers la hauteur là-bas d'où j'apercevrai la Bièvre.

La voilà. Elle glisse parmi cette verdure qui paraît d'une saison moins vieille que celle-ci. Descendons. M. Jupille est quelque part dans cette vallée, il m'attend. Et je cours. L'herbe devient fraîche sous le pied. Une gaule se lève sur le ciel entre deux arbres. C'est lui, c'est le vieux clerc, il me salue, il a posé sa ligne.

— J'ai cru que vous ne viendriez pas!

— Que vous me connaissez mal! Est-ce que ça mord?

— Pas si haut! Oui, ça mord très bien. Je vais vous préparer une ligne.

— Et votre ami, monsieur Jupille, où est-il?

— Là.

— Où donc?

— Il vous crève les yeux, et vous ne le voyez pas?

Ma foi non, je ne le voyais pas. En plein soleil, quand il me l'eut montré du bout de sa canne à pêche, j'aperçus alors, à trente pas, un large fond de pantalon blanc, un large dos de gilet brun dessanglé, un panama qui devait cacher une tête et deux bras de chemise tendus vers l'eau.

Ne sachant pas qui j'allais aborder, je toussai en approchant, en manière d'avertissement.

L'inconnu aspira l'air bruyamment, comme un homme qui s'éveille en sursaut.

— C'est vous, Jupille? dit-il en se tournant un peu, vous n'avez plus d'appât?

— Mais non, mon cher maître, c'est moi.

— Monsieur Mouillard, enfin!

— Monsieur Flamaran! Jupille m'avait bien dit que j'aurais une surprise. Vous aimez la pêche?

— Une passion. Il faut bien en garder une ou deux pour l'âge mûr, mon jeune ami. Ah! mon cher monsieur Mouillard, que je suis content de vous retrouver. Savez-vous que vous avez passé une bien jolie thèse!

— Voici votre ligne, monsieur Mouillard, dit Jupille en intervenant; elle est tout amorcée. Si vous voulez me suivre, je vais vous mener dans un bon endroit.

— Non, non, Jupille, je le garde, répondit M. Flamaran. Depuis trois heures que je n'ai pas articulé une syllabe, j'ai besoin de me détendre un peu. Nous pêcherons côte à côte, en bavardant.

— Comme vous voudrez, monsieur Flamaran, mais je n'appelle pas ça pêcher, moi.

Il me remit l'arme, et s'en alla, triste.

Nous nous assîmes, M. Flamaran et moi, à deux pas l'un de l'autre, sur la berge, les pieds sur la grève encore molle, jonchée de roseaux morts.

— Ainsi, dit M. Flamaran, vous êtes toujours principal chez maître Boule?

— Provisoirement.

— Cela vous plaît?

— Médiocrement.

— Qu'attendez-vous?

— Que le temps passe.

— Et qu'il vous ramène en Italie, sans doute?

— Vous savez donc que j'en reviens.

— Je sais tout. Charnot m'a raconté votre rencontre, votre promenade sentimentale, au clair de la lune. A propos, il est revenu très enrhumé, vous savez?

Je pris un air compatissant.

— Ah! pauvre monsieur! Quand est-il arrivé?

— Avant-hier. Naturellement, j'ai été averti le premier, et, dès hier, nous passions la soirée ensemble. Je vais peut-être vous étonner, monsieur Mouillard, je vais vous paraître exagéré : eh bien! je trouve Jeanne plus gentille encore qu'avant son départ.

— Croyez-vous?

— Oui, positivement, ce soleil du Midi... lui a rendu ses joues roses en les dorant par-dessus le marché, et sa belle humeur qu elle avait perdue, la pauvre fille. Elle est gaie, à présent, comme par le passé. Car j'ai été bien inquiet d'elle; vous avez su cette triste affaire?

— Oui.

— Un polisson, mon cher Mouillard, un vrai polisson! Je n'ai jamais été partisan de ce mariage-là, moi. Charnot s'était laissé entortiller par un ami de collège. J'avais beau lui dire : « C'est à la dot de Jeanne qu'on en veut, Charnot, » je le sens, je le devine. Jeanne sera incomprise, malheu- » reuse, j'en suis sûr. » Il n'écoutait rien... Enfin, tout est rompu. Mais ça n'a pas été sans secousse, vous comprenez; et moi, j'ai bien souffert de voir souffrir cette enfant-là.

Un cri de Jupille interrompit M. Flamaran.

— Vous n'entendez donc pas comme ça sonne?

En un instant, nous fûmes sur pied, et ma première pensée, absurde d'ailleurs, fut qu'un serpent à sonnettes s'avançait en sonnant à travers les herbes.

J'étais bien loin de la vérité. Il s'agissait d'une ligne à brochet, invention de M. Jupille, tendue un peu plus loin, et dont le bouchon, construit comme un radeau, portait un petit grelot. Le poisson, en mordant, sonnait son propre glas.

— Ça sonne à toute volée, s'écriait Jupille, et vous

ne bougez pas! Je n'aurais pas cru cela de vous, monsieur Flamaran.

Il nous dépassa, brandissant un haveneau comme un guerrier sa javeline : il avait vingt-cinq ans. Nous le suivîmes, moins ardents et moins confiants que lui. Il avait cependant raison : en retirant sa ligne, il amena un brochet de belle taille, le laissa filer plusieurs fois, pour le fatiguer et aussi pour se donner la joie de le tenir en main.

— Messieurs, criait-il, il me coupe les doigts!

Un coup d'haveneau étendit à nos pieds le monstre à bout de forces. Il pesait bien quatre livres. Jupille en jura six.

Nous reprîmes nos places côte à côte, mon savant maître et moi, mais l'entretien coupé ne se renoua pas.

Deux heures avant le coucher du soleil M. Flamaran se leva, n'ayant rien pris.

— Bonne partie, dit-il quand même, l'endroit est bon : ça mordait ce matin. Nous y reviendrons, Jupille : avec un petit vent d'Est, on en prendrait de ces goujons!

Il se mit à marcher près de moi, et, fatigué sans doute par sa longue immobilité, par la chaleur, par le rayonnement de l'eau, s'absorba bientôt dans une méditation dont les rencontres du chemin ne le firent pas sortir.

Jupille nous précédait, une main sur sa canne à pêche, portant de l'autre un cabas à provisions et le sac à poissons.

Au détour d'un sentier, M. Flamaran s'arrêta tout à coup, tourna la tête de tous côtés en respirant fortement.

— Eh! Jupille! où nous menez-vous, mon ami? Si je n'ai pas la berlue, voici la butte aux Marronniers; là-bas, c'est le Plessis-Piquet. Nous sommes à plus de deux kilomètres à gauche de la gare. Et le train de sept heures!

Il n'y avait pas à le nier : c'était Robinson, le pays des jolies guinguettes. Les voici toutes : le Vieux Robinson, le

Nouveau Robinson, l'Ancien Robinson, le Vrai Robinson les Marronniers de Robinson, les Châtaigniers de Robinson, l'Éden de Robinson; toutes sont l'unique et l'authentique Robinson, toutes ont des portiques de chaume, des allées sablées; toutes des transparents éclairés au pétrole, tous les éléments qui constituent une partie à Robinson : tir à la carabine, jeux de boules, jeux de tonneau, escarpolettes, charmilles particulières, bière de Munich et dîner dans les arbres.

— Vous voyez, Jupille, vous voyez! s'écriait M. Flamaran, en plein Robinson! Voilà où vous nous menez!

Il resta un moment indécis, regardant l'heure à sa montre.

Jupille, qui l'observait, vit son honorable ami se dérider progressivement et partir d'un éclat de rire sonore.

— Parbleu, c'est une folie, mais nous la ferons! Nous serons jeune une heure encore. Mon cher Mouillard, Jupille nous a commandé à dîner à Robinson! Si j'avais été consulté, j'aurais choisi un autre endroit. Mais, que voulez-vous, la faim, l'amitié et la certitude de manquer le train font taire mes scrupules.

Et, précédés de Jupille portant toujours sa friture, nous entrons au Vrai Robinson.

M. Flamaran, légèrement inquiet, jetait des coups d'œil interrogateurs dans les éclaircies des bosquets.

— Ces messieurs ont retenu le marronnier numéro 3, dit le patron de l'établissement; ces messieurs n'ont qu'à monter.

Nous grimpons, en effet, par l'escalier en spirale établi le long du tronc. C'est un bel arbre, le marronnier n° 3, très vieux, un peu penché, et qui porte, dans la puissante main que forment ses premières branches, un plancher entouré d'une balustrade, six colonnettes de bois fruste et, pour abriter le tout, un toit de paille en forme de chapeau pointu. Il y a des cabanes du même genre dans les arbres voisins : on les prendrait de loin pour d'énormes nids, opaques dans la verdure claire; salles à manger très recherchées, où l'on dîne à trente pieds en l'air, où les convives montent sur leurs jambes et les services par une poulie.

Le dîner fut très gai. M. Flamaran, décidément mis en verve, ne tarissait pas. Il trouvait une histoire au fond de chaque verre de chablis, et la racontait avec la lente bonhomie qui était sa manière.

Vers la fin, nous causions de Sidonie, la perle du Forez. M. Flamaran nous exposait, avec les dates, qu'un de ses amis lui ayant un jour dépeint une jeune fille de Montbrison, fraîche et avenante, bonne ménagère et bien apparentée, il s'était, pour la voir, mis en route, l'avait reconnue sans la connaître, s'était épris sur-le-champ, et n'avait pas tardé à être payé d'un légitime retour. Les noces avaient été célébrées à Saint-Galmier.

— Oui, mon cher Mouillard, ajouta-t-il en manière de conclusion, il y aura trente ans, au mois de mai, que je suis heureux; et vous, quand suivrez-vous mon exemple?

M. Jupille, à cette ouverture, se crut de trop, et disparut par l'escalier en spirale.

— Nous avions causé dans le temps, continua M. Flamaran, de quelque héritière de Bourges. Vous y renoncez, à ce que je vois?

— Tout à fait.

— C'est votre droit, jeune homme; mais alors, pourquoi pas une Parisienne?

— En effet, pourquoi pas?

— Vous avez peut-être des préjugés contre les Parisiennes?

— Moi? non.

— J'en ai bien eu, moi qui vous parle! Mais j'en suis

revenu. Elles ont une grâce à elles, mon cher Mouillard; une manière de s'habiller, de marcher et de rire qui ne franchit pas les fortifications. J'ai cru longtemps que ces qualités-là leur tenaient lieu de vertu. Eh bien! c'est une calomnie : il y a des Parisiennes vertueuses, j'en connais même qui sont des anges!

Ici M. Flamaran me regarda dans les yeux, et, comme je ne répliquais rien, il ajouta :

— J'en connais une au moins : Jeanne Charnot. Entendez-vous?

— Oui, monsieur Flamaran.

— N'est-ce pas une fille accomplie?

— Certainement.

— Eh! si c'est votre avis, jeune homme, pardonnez-moi de brûler mes vaisseaux, tous mes vaisseaux... Si c'est votre avis, je ne comprends plus. La croyez-vous sans fortune?

— J'ignore.

— Ce serait une erreur. Elle est riche. Vous trouvez-vous trop jeune?

— Non.

— Vous vous figurez peut-être qu'elle est encore engagée dans ce fatal amour?

— J'espère que non.

— Et moi, j'en suis sûr. Elle est libre, vous dis-je, libre comme... vous. Eh bien, pourquoi ne l'aimez-vous pas?

— Mais, monsieur Flamaran, je l'aime!

— Ah! mon ami, que vous faites bien!

M. Flamaran ne se leva pas. Il se pencha de droite à gauche, je me penchai de gauche à droite. Nos têtes se rejoignirent. Il me serra dans ses bras. Il était si ému, mon vieux maître, qu'il ne pouvait parler, oppressé par l'émotion, par la joie, comme s'il avait été mon père ou celui de Jeanne.

Après un moment il se redressa sur sa chaise, et se tint

assis en face de moi, à longueur de bras, les deux mains sur mes épaules, comme s'il avait craint de me voir m'envoler.

— Ah! vous l'aimez, vous l'aimez... Sapristi que j'ai eu du mal à vous le faire dire!... Vous avez bien raison de l'aimer, certes, certes... je n'aurais pas compris le contraire; mais alors, mon ami... alors... c'est que si vous tardez trop, charmante comme elle est, vous comprenez...

— Oui, il faudrait la demander.

— Justement!

— Hélas! monsieur Flamaran, qui voulez-vous qui fasse une pareille démarche pour moi? Je suis orphelin, vous le savez.

— Pauvre garçon! Mais votre oncle?

— Nous sommes brouillés.

— On se remet, pour la circonstance.

— Impossible : nous sommes brouillés à cause d'elle; mon oncle déteste les Parisiennes.

— Diable, diable; alors un ami, un simple ami. Cela se peut à la rigueur.

— J'ai bien Lampron.

— Le peintre?

— Oui, mais il ne connaît pas monsieur Charnot. Ce sera un inconnu sollicitant pour un étranger. Maigres chances, il aurait mieux valu...

— Un ami commun, n'est-ce pas? Et moi, n'en suis-je pas un?

— Oh! si.

— Eh bien, je m'en charge de la demande, jeune homme! Je la demanderai, cette charmante Jeanne, je la demanderai pour nous deux : pour vous qui la rendrez heureuse, et pour moi qui ne la perdrai pas tout à fait en la mariant à l'un de mes docteurs préférés, à mon ami Fabien Mouillard. Et je l'obtiendrai, je vous en réponds!

22 juillet.

Il est deux heures. J'arrive chez Sylvestre pour lui raconter le grand événement d'hier. Nous nous asseyons sur le vieux canapé à housse, dans l'ombre du rideau mobile qui partage l'atelier et y fait comme une seconde salle, au milieu des mannequins, des bustes, des bouteilles de vernis et des boîtes à couleurs. Lampron aime ce clair-obscur qui lui repose la vue.

Quelqu'un frappe.

— Entrez !

Il achève en même temps de tirer le rideau sur moi, et, à travers l'étoffe mince, je le vois s'avancer vers la porte qui vient de s'ouvrir.

— Monsieur Lampron ?

— C'est moi, monsieur.

— Vous ne me reconnaissez pas, monsieur ?

— Non, monsieur.

— Cela m'étonne, monsieur.

— Et pourquoi ? monsieur, je ne vous ai jamais vu ?

— Vous avez fait mon portrait !

— Ah ! par exemple !

J'observe Lampron. Il est blessé de l'impertinence de ce début.

— Ce que j'ai l'honneur de vous dire est la pure vérité, monsieur. Je suis monsieur Charnot, de l'Institut.

Lampron regarde de mon côté, et sa physionomie se détend.

— Pardonnez-moi, monsieur, je ne vous connais que de dos. De ce côté-là je vous aurais peut-être reconnu.

— Je ne ris pas, moi, monsieur. Et je serais venu plus tôt vous demander une explication, si je n'avais appris ce matin seulement ce que je considère comme un abus déplorable de votre crayon. Mais les expositions de peinture ne sont pas mon fait. Je ne m'y suis pas vu. Il a fallu que Flamaran vînt m'avertir que je figurais, au dernier Salon, en compagnie de ma fille, que vous m'aviez assis sur un tronc d'arbre, dans la forêt de Saint-Germain. Est-ce vrai, cela, monsieur, sur un tronc d'arbre?

— Parfaitement.

— Alors, vous avouez : vous nous avez bien dessinés tous deux, ma fille et moi?

— Oui monsieur.

— Il ne sera peut-être pas aussi facile d'expliquer de quel droit, monsieur; j'attends vos explications.

— Je pourrais bien ne rien expliquer du tout, reprend Lampron qui commence à perdre patience. Je pourrais aussi vous répondre que je n'avais pas plus de permission à vous demander que je n'avais à en demander aux hêtres, aux chênes, aux ormes et aux bouleaux; que vous faisiez partie du paysage. Oui, monsieur, je pourrais vous payer de cette raison très suffisante, mais qui n'est pas la véritable. J'aime mieux vous déclarer très franchement ce qui s'est passé. Vous avez une fille charmante, monsieur.

Par habitude, M. Charnot s'inclina.

— Un de mes amis s'est épris d'elle. Il est timide et n'osait avouer son amour. Nous vous avons, par hasard, rencontré dans le bois, et une idée m'est venue alors : celle de dessiner mademoiselle Jeanne, d'exposer mon croquis, sûr qu'elle le verrait, qu'elle devinerait l'intention, et que son souvenir la reporterait vers un jeune ami qui a l'âge et la tournure d'un amoureux. S'il y a une faute, monsieur, je la revendique : elle est toute à moi.

— Certainement, monsieur, il y en a une, tout au moins de votre part, celle d'avoir, vous, un homme sérieux, encouragé un sentiment frivole,

— L'amour le plus honnête et le plus vrai, monsieur!

— Un feu de paille!

— Pas le moins du monde!

— Allons donc! votre ami n'est qu'un enfant.

— Tant mieux pour lui, monsieur, et pour elle! Si vous voulez pour gendre un homme mûr, essayez, vous verrez ce qu'ils valent, et vous regretterez peut-être d'avoir repoussé cet enfant, mais qui est un noble et brave cœur, monsieur, dont je réponds comme de moi. Allez, allez, vous trouverez pour votre fille de grands noms, de grosses bourses, des réputations, des prétentions justifiées ou non, tout ce qu'il n'a pas, mais lui, monsieur, lui, vous ne le retrouverez jamais! C'est tout ce que j'ai à vous dire.

Je vis M. Charnot se lever, aller vers lui et lui tendre la main.

— Je ne voulais pas autre chose de vous, mon cher monsieur, cela me suffit. Flamaran m'a demandé ce matin même la main de ma fille pour votre ami. Il ne perd pas de temps quand il est chargé d'une commission, Flamaran. Il m'a dit du bien de votre ami, lui aussi, beaucoup de bien.

Lampron regardait avec stupéfaction ce petit homme aux lèvres minces, qui venait si brusquement de changer de ton et de visage.

— Ma foi, monsieur, répondit-il, vous auriez pu obtenir des renseignements à moins de frais; il n'était pas nécessaire de me faire une scène. Mais, monsieur, puisque nous parlons sérieusement à présent, permettez-moi de vous poser à mon tour une question. La demande de mon ami a-t-elle ou non des chances d'être agréée?

— Monsieur Lampron, dans ces délicates conjonctures, je suis résolu à laisser désormais ma fille entièrement libre. Je lui ai donc communiqué la demande faite par Flamaran.

— Eh bien?

— Je m'attendais à ce qu'elle la repoussât.

— Et elle a dit oui?

— Elle n'a pas dit non, sans quoi vous comprenez bien que je ne serais pas ici.

A cette réponse, tout hors de moi, je faillis écarter le rideau et me précipiter dans l'atelier en criant : — Merci!

Mais M. Charnot ajouta :

— Ne vous y méprenez pas, cependant : il y a des objections, graves, insurmontables peut-être. J'ai besoin de parler de nouveau à ma fille. Aussitôt que je le pourrai, je préviendrai votre ami de nos résolutions définitives. Au revoir, monsieur.

Lampron le reconduisit, et j'entendis leurs pas s'éloigner dans le corridor.

2 août.

Après dix jours d'attente, pendant lesquels j'ai tour à tour employé Lampron et M. Flamaran à intercéder pour moi, dix jours passés entre des angoisses mortelles et des espérances folles, où j'ai formé, détruit, repris, abandonné de nouveau plus de projets que je n'en avais fait dans le reste de ma vie, hier, à cinq heures, j'ai reçu un mot de M. Charnot qui me priait de me rendre chez lui dans la soirée.

J'y suis allé, anéanti. Il m'a reçu dans son cabinet, comme il y a sept mois, lors de notre première entrevue.

— Monsieur, me dit-il, je vous reçois en ami. Quoi qu'il puisse résulter de notre entretien, vous pouvez être assuré de ma parfaite estime. Ne craignez donc pas de me répondre librement.

Il me posa plusieurs questions sur ma famille, mes goûts,

mes relations à Paris. Puis il voulut que je lui racontasse moi-même les quelques événements bien simples qui ont marqué mon enfance et ma jeunesse, mes souvenirs de la maison paternelle, du collège de la Châtre, de mes vacances à Bourges, de ma vie d'étudiant.

Il écouta sans m'interrompre, en jouant avec son coupe-papier d'ivoire. Quand je fus arrivé à ce jour de décembre dernier où pour la première fois Jeanne m'était apparue :

— Arrêtons-nous là, dit-il. Je sais le reste ou je le devine. Jeune homme, je vous ai promis une réponse, la voici...

Je crois que pendant une minute je cessai de respirer, et que mon cœur cessa de battre.

— Ma fille, continua M. Charnot, est, en ce moment même, l'objet de plusieurs demandes en mariage. Vous voyez que je ne vous cache rien. Je lui ai laissé le temps de réfléchir; elle a tout pesé, tout examiné, et m'a fait connaître hier le résulat de ses réflexions. A des partis plus riches, plus brillants peut-être, elle préfère un honnête homme qui l'aime pour elle-même, et cet honnête homme, c'est vous, monsieur.

— Oh! merci, monsieur, m'écriai-je, merci!

— Attendez, il y a deux conditions. La première, exigée par ma fille et dictée par un sentiment qui m'est très doux, c'est que vous promettiez de ne jamais quitter Paris.

— Ah! je le jure, monsieur, le plus joyeusement du monde.

— La seconde, à laquelle nous tenons tous deux, ma fille et moi, c'est que vous fassiez la paix avec votre oncle. Flamaran m'a appris que vous étiez brouillés.

— En effet, monsieur.

— Jespère que ce n'est pas grave. Vous ne demandez pas mieux que de faire les premiers pas?

— Je ferai tous ceux qu'il faudra,

— J'en étais sûr. Cette réconciliation est à nos yeux une chose nécessaire, un devoir. Vous devez, d'ailleurs, la désirer autant et plus que nous.

— Je m'y emploierai de toutes mes forces monsieur, je vous le promets.

M. Charnot, devenu très pâle, me tendit la main; il fit effort pour sourire.

— Je crois, monsieur Fabien, que nous sommes pleinement d'accord, et que l'heure est venue...

Il n'acheva pas sa phrase, se leva, et alla ouvrir une porte entre deux bibliothèques, au fond.

— Jeanne, dit-il, monsieur Fabien accepte les deux conditions, mon enfant.

Et je vis Jeanne, souriante, s'avancer vers moi.

Et moi qui m'étais levé tremblant, moi qui m'étais demandé bien des fois avec épouvante ce que je lui dirais en l'abordant si jamais elle m'était fiancée, je me sentis tout à coup rassuré, et les mots se précipitèrent sur mes lèvres pour la remercier, pour exprimer ma joie.

La première demi-heure nous causâmes tous trois.

Puis M. Charnot recula son fauteuil, et nous ne restâmes que deux.

Jeanne se montrait avec moi simple comme une enfant, bonne et sérieuse comme une femme. Un sentiment nouveau grandissait en moi d'instant en instant, celui d'un repos profond de l'âme : la certitude, par avance, du bonheur de toute ma vie.

Nous causions à voix basse.

— Vous m'appelez votre amie et votre conseillère? me dit-elle.

— Sans doute.

— Si je vous demandais une confidence dès ce soir, vous ne m'en voudriez pas?

— Au contraire.

— Eh bien, d'après ce que vous me racontez de votre oncle, vous me semblez avoir accepté un peu légèrement la deuxième condition, qui est de vous réconcilier avec lui.

— J'ai seulement promis de m'y employer.

— Oui, mais mon père entend que vous réussissiez. Comment comptez-vous faire?

— Je ne sais pas encore.

— C'est bien ce que je prévoyais, et je pensais qu'il serait bon peut-être d'y réfléchir à deux.

— Mademoiselle, je vous écoute : faites le plan de bataille, je le discuterai.

Jeanne joignit les mains sur ses genoux, et prit un air profond.

— Voyons, si vous lui écriviez?

— Il y a bien des chances pour qu'il ne me réponde pas.

— Allez le trouver.

— L'idée vaut mieux. Il me recevra peut-être.

— Alors, vous le tenez. Dès qu'un homme écoute...

— Pas lui mademoiselle. Il écoutera, et savez-vous ce qu'il répondra?

— Non.

— Ceci ou quelque chose d'approchant : — Mon neveu, tu viens m'annoncer deux nouvelles, n'est-ce pas? que tu épouses une Parisienne et que tu renonces à tout jamais à l'étude patrimoniale. Tu n'as fait qu'un pas de plus en arrière. Ce n'était pas la peine de te déranger pour m'en avertir, et tu peux t'en retourner.

— Oh! vous m'étonnez; il y a un moyen de le prendre, bien sûr, puisqu'il est bon, au fond, vous me l'avez dit. Si je connaissais votre oncle, je ne serais pas longtemps embarrassée.

— Si vous le connaissiez! Ce serait le moyen, en effet, le

meilleur de tous, infaillible. Il s'imagine que vous êtes une Parisienne évaporée ; il a peur de vous ; c'est de vous aimer qu'il m'en veut, bien plus que de refuser son étude. S'il vous voyait seulement, il aurait bientôt fait la paix avec moi.

— Vous croyez?

— J'en suis sûr.

— Vous croyez que si je le regardais dans les yeux, comme ceci, et si je lui disais : — monsieur Mouillard, vous ne voulez donc pas que je devienne votre nièce? — vous croyez qu'il céderait?

— Ah! mademoiselle, pourquoi n'est-ce pas possible?

— C'est difficile, en effet, mais impossible, je ne sais pas.

Nous avons exposé, ou plutôt Jeanne a exposé le cas à M. Charnot, qui est bien décidément la plus ancienne et la plus complète conquête de sa fille. Elle a proposé hardiment un voyage à Bourges et une visite à M. Mouillard. Les arguments abondaient, un peu faibles parfois, mais toujours si gentiment dits! Enfin, comme M. Charnot continuait à se retrancher derrière la singularité du procédé :

— Mais au contraire, mon père : en vous présentant chez monsieur Mouillard, vous remplirez simplement un devoir de politesse.

— Comment cela, je te prie?

— Il vous a fait une visite ; eh bien, vous la lui rendez!

M. Charnot a hoché la tête comme un père qui n'est peut-être pas convaincu, mais qui s'avoue vaincu.

. . . .

Pour moi, Jeanne, je recommence à croire aux fées.

3 août.

Je suis retourné rue de l'Université. Le voyage est décidé : je pars demain pour Bourges, précédant Monsieur et mademoiselle Charnot qui arriveront après-demain matin.

Ma mission d'éclaireur est double : retenir des chambres à l'hôtel, confortables, au premier et au midi, puis voir mon oncle et le préparer à la visite qu'il va recevoir.

Jeanne m'a tracé le plan de campagne. Je dois me montrer le plus doux des neveux, l'empêcher de revenir sur le passé, avouer timidement que mademoiselle Charnot connaît mes sentiments et ne s'y montre pas insensible, mais remettre à plus tard une explication complète. M. Mouillard ne peut manquer d'être séduit par cette déférence et de laisser ses armes au fourreau jusqu'à ce conseil de famille dont je lui ouvrirai la perspective. Alors, si ces premières avances ont été bien accueillies, j'annoncerai que M. Charnot voyage actuellement dans le Berry, et, sans rien affirmer, j'ajouterai qu'il voudra peut-être, en passant par Bourges, rendre à mon oncle sa visite.

Mon rôle finit là. Jeanne et M. Charnot feront le reste.

Jeanne est pleine de confiance. Son père, endoctriné par elle, ne doute pas de la capitulation de mon oncle. Et moi, qui lutte un peu contre cet optimisme, je me trouve aussi en définitive du parti de l'espérance.

Bourges, 3 août.

Mon oncle Mouillard, le plus convaincu, le plus fidèle des Berruyens, habite naturellement une des vieilles rues, à l'ombre de la cathédrale, sous la volée de ses cloches, la rue du Four.

Un quart d'heure après mon arrivée à Bourges, je tirais la patte de chevreuil qui pend, sans poil, le long de la porte. Il était cinq heures, et je savais, à n'en pas douter, que mon oncle ne se trouvait pas chez lui.

Madeleine vint ouvrir. Elle eut un haut-le-corps.

— Monsieur Fabien !

— Oui, Madeleine, moi-même. Mon oncle n'est pas là ?

— Non, monsieur. Est-ce que vraiment monsieur veut entrer ?

— Il faut que j'entre, Madeleine, j'ai des confidences à te faire.

Elle ne répondit pas, et tourna sur ses talons pour me précéder.

— Madeleine, je vais me marier, tu sais ?

Elle hocha lentement la tête.

— A Paris, monsieur Fabien, oui ; c'est ce qui fait tant de peine à monsieur.

— Tu verras celle que j'ai choisie, Madeleine !

— Je ne crois pas, monsieur Fabien.

— Si, si, et tu reconnaîtras que c'est mon oncle qui se trompe.

— Je ne l'ai pas vu se tromper souvent.

— Mon mariage est résolu, mais je veux y faire consentir mon oncle, comprends-tu ? me réconcilier avec lui.

Madeleine branla de nouveau la tête.

— Vous ne réussirez pas.

— Oh ! Madeleine.

— Non, monsieur Fabien, vous ne réussirez pas.

— Il a donc bien changé !

— Tant, que j'ai bien du mal à m'empêcher de changer moi-même. Lui, qui avait si bon appétit, il n'a plus que des caprices. Le soir, il en oublie quelquefois de sortir dans le jardin, pour rester là, les coudes sur sa serviette dépliée, la tête sur ses poings, pensant à des choses qu'il ne dit pas. Si je veux lui causer de vous, — j'ai essayé, allez, monsieur Fabien ! — il s'en va tout furieux en me défendant d'ouvrir la bouche à votre sujet. La maison n'est pas gaie, monsieur Fabien. Tout le monde s'aperçoit qu'il a changé; jusqu'aux clients qui me disent que monsieur les reçoit comme des chiens et qu'il devrait bien vendre son étude.

— Elle n'est donc pas vendue?

— Pas encore. Mais je suppose que ça ne sera pas long.

— Écoute-moi, Madeleine : tu as toujours été bonne et dévouée pour moi; je suis sûr que tu m'aimes encore; rends-moi un dernier service. Il faut que tu me loges ici, sans que mon oncle le sache.

— Sans qu'il le sache, monsieur Fabien!

— Oui, dans la bibliothèque, par exemple; il n'y vient jamais. De là j'étudierai, j'épierai mon oncle sans qu'il me voie, puisqu'il est si variable d'humeur et si fâché, et dès qu'une bonne occasion se présentera, je serai prêt à en profiter. Un signe de toi, et je descendrai.

— Vrai, monsieur Fabien...

— Il le faut, Madeleine, il faut que j'aie trouvé le moyen de parler à Monsieur Mouillard avant demain matin dix heures, car ma fiancée arrive.

— La Parisienne? Elle va venir ici!

— Par le train de neuf heures six minutes, demain, avec son père.

— Ah! mon Dieu, s'il est possible!

— Pour te voir, Madeleine, pour voir mon oncle, pour conclure la paix. Est-ce gentil, cela?

Et ce fut convenu. Madeleine ne soufflerait mot à mon oncle de ma présence à Bourges, à quelques pas de lui. Si elle apercevait une éclaircie dans les sombres humeurs de M. Mouillard, elle m'en préviendrait; si j'étais obligé de retarder l'entretien jusqu'au lendemain et de passer la nuit sur le canapé-lit de la bibliothèque, elle m'apporterait des gâteaux, une couverture et « votre oreiller de vacances quand vous étiez petit ».

M'y voici donc, dans la grande bibliothèque du premier, attenante au salon, ouvrant par l'autre de ses portes sur le palier, en face de la chambre de M. Mouillard, et par ses deux larges fenêtres sur le jardin.

Sept heures à la cathédrale; la porte du jardin se ferme avec bruit : c'est mon oncle qui rentre.

Oui, le voici qui vient par l'allée tournante. Il a son chapeau à la main, et baisse la tête. M. Mouillard ne s'arrête pas devant ses greffes; il n'adresse aucune parole d'encouragement à ce canard chinois qui traverse l'allée devant lui.

Madeleine a raison. La réconciliation n'est pas mûre. Il faudrait même un grand rayon de soleil pour la mûrir. Si vous étiez ici, Jeanne!

— Personne n'est venu pendant mon absence?

Et j'entends Madeleine, un peu embarrassée, qui répond :

— Non, personne pour monsieur.

— Allons, sers-moi vite à dîner, et si le monsieur décoré me demande, tu sais bien?...

Mon oncle entra dans la salle à manger, au-dessous de moi, et je n'entendis plus rien, pendant vingt minutes, si ce n'est l'appel retentissant de sa chope de cristal.

Il avait à peine fini de dîner, qu'on sonna à la porte de la rue. Quelqu'un demanda M. Mouillard, le monsieur décoré, je suppose, car Madeleine l'introduisit, et un bruit de chaise m'avertit que mon oncle se levait pour faire honneur à son hôte.

Ils s'asseyent. La conversation s'engage. Un vague bourdonnement monte à travers le plafond. Quelquefois seulement un son plus net m'arrive, et il me semble alors que je connais cette voix timbrée en flûte.

Au bout d'une heure, la conversation s'échauffe. Mon

oncle tousse, la flûte devient aigre. Je perçois ce fragment de dialogue :

— Non, monsieur.

— Si, monsieur.

— Et la loi, monsieur?

— Je vous la fais, monsieur.

— C'est de la tyrannie!

Enfin la porte de la salle à manger s'ouvre.

— Souffrez que je vous éclaire; attention aux marches de l'escalier.

Puis l'adieu de gens exténués, le grincement de la grosse clef qui tourne dans la serrure, un pas léger qui s'éloigne dehors, le pas lourd de mon oncle qui monte à sa chambre : tout est fini.

Comme il monte lentement, mon oncle! La douleur a un poids. Lui, plus nerveux qu'un article du Code, il semble avoir peine à se porter.

Il traverse le palier; il s'enferme dans sa chambre. Si je sortais de la mienne? Quelques pas seulement nous séparent. Qu'est-ce que j'entends? Des soupirs, des sanglots! Il pleure? Arrive que pourra, mon oncle, je cours à vous!

J'allais, en effet, sortir de la bibliothèque quand un vêtement frôla les murs, sans qu'aucun bruit de pas l'eût annoncé. En même temps, par-dessous la porte, un petit carré de papier glissa sur le parquet : un message de Madeleine la Silencieuse. Je dépliai la feuille et je lus ces mots écrits en diagonale, avec un mépris tout espagnol de l'orthographe française : « *Ni allais pat ceux soire.* »

Puisque tu le conseilles, Madeleine, je n'irai pas. Non. Je me coucherai là, sur le canapé. Pourtant, ce retard m'est pénible, à présent. Il m'est dur de laisser s'écouler cette nuit encore sans m'être réconcilié avec ce pauvre homme, sans l'avoir essayé du moins.

Bourges, 5 août.

Je m'éveille à sept heures. Ma première pensée est pour M. Mouillard. Où est-il? J'écoute : rien.

Je descends à 'a cuisine.

— Eh bien, Madeleine, il est parti?

— A six heures, monsieur Fabien.

— Pourquoi ne m'as-tu pas réveillé?

— Est-ce que je pouvais savoir? Lui qui ne sort jamais, au grand jamais, le matin. Il est comme je ne l'ai jamais vu, pas même à la mort de sa défunte femme.

— Qu'a-t-il?

— Je crois que c'est l'étude qu'il va vendre. Il m'a dit hier soir, au pied de l'escalier : « Madeleine, je suis un homme fini. J'aurais pu revivre, mais il y a un ingrat, un sauvage, — sauf votre respect, monsieur Fabien, — qui n'a pas voulu. Si je le tenais, je ne sais pas ce que je lui ferais. »

— Il n'a pas dit ce qu'il ferait au sauvage?

— Non.

— Et, ce matin, est-il calmé?

— Il n'a plus l'air en colère, seulement j'ai vu qu'il avait pleuré.

— Où est-il?

— Je n'en sais rien.

— Quand doit-il rentrer?

— Pas avant dix heures.

— Mais, Madeleine, à dix heures, Jeanne sera là!

— Elle s'appelle Jeanne?

— Oui. Monsieur Charnot sera là aussi.

— Le fait est, monsieur Fabien, que l'affaire ne me paraît pas bien engagée. Enfin, il y a le hasard, qui ne dit souvent son mot qu'à la fin.

Mais le hasard fut inexorable. Mon oncle ne rentra pas.

Mes appréhensions redoublèrent quand je vis passer, emportés par le train, Jeanne et M. Charnot, accoudés à une portière.

Une minute après elle descendait, toute en gris, les joues roses, deux ailes de mouette à son chapeau.

M. Charnot me serra la main avec une véritable satisfaction de sortir du wagon, me demanda des nouvelles de mon oncle, et, sur ma réponse qu'il se portait à merveille, alla reconnaître les bagages.

— Eh bien! me dit Jeanne, tout est arrangé?

— Rien, au contraire.

— Vous l'avez vu?

— Pas même. Il ignore même ma présence à Bourges.

— Et vous étiez chez lui?

— J'ai couché sur un canapé de sa bibliothèque.

Elle me regarda d'un air qui signifiait : « Mon pauvre ami que vous êtes peu pratique! »

— Continuez à ne rien faire, dit-elle, et c'est ce que vous ferez de mieux. Si mon père ne se croyait pas annoncé, il reculerait.

M. Charnot revenait en ce moment vers nous, les deux valises et le carton à chapeau étant logés sur l'impériale de l'omnibus de l'hôtel de France.

— Il est neuf heures douze; annoncez notre visite à monsieur Mouillard pour dix heures précises.

Je repris la direction de la rue du Four, heureux et bouleversé. Je longeais les rues caché sous mon parapluie, car il pleuvait, une grosse nuée d'orage crevait sur Bourges, et je bénissais la pluie qui permet à l'homme de voiler son visage.

La course est assez longue des bords de la Voizelle au vieux quartier de la Cathédrale. Quand je débouchai de la rue Moyenne, ce boulevard des Italiens de la capitale berrichonne, pour entrer dans la rue du Four, un soleil éclatant séchait l'eau sur les toits, et l'horloge à coucou de M. Festuquet, un voisin de mon oncle, sonnait l'heure du rendez-vous.

Je n'attendis pas trois minutes à la porte du jardin dont Madeleine m'avait donné la clef. M. Charnot parut, donnant le bras à Jeanne.

Derrière le mur, là, tout près, je devinais M. Mouillard! Je songeais qu'il fallait ouvrir cette porte, lancer sans préparation cet académicien au-devant de cet avoué, risquer peut-être mon bonheur sur une impression de mon oncle, jouer enfin la décisive partie si déplorablement engagée.

Jeanne, quoi qu'elle fît pour ne pas le montrer, était bien émue. Je sentis trembler la main qu'elle me tendit.

— A la grâce de Dieu, me dit-elle tout bas, ouvrez!

Je mis le loquet dans la serrure.

Il était convenu que Madeleine irait aussitôt prévenir M. Mouillard que des étrangers l'attendaient au jardin.

Nous la vîmes se diriger, droite, lente, du côté de l'étude située dans l'angle du jardin.

La haute silhouette de M. Mouillard se dressa sur le seuil, occupant toute l'ouverture de la porte.

— Dans le jardin, dis-tu? Qu'est-ce que cette idée de faire entrer les clients dans le jardin à présent? Pourquoi leur as-tu ouvert?

— Je ne leur ai pas ouvert, ils sont entrés.

— Alors la porte n'était pas fermée. Rien n'est fermé ici. Ils entreront bientôt par la cheminée de mon salon. Qu'est-ce que c'est que ces gens-là?

— Un monsieur et une demoiselle que je ne connais pas.

— Une demoiselle que tu ne connais pas... Une séparation de corps, je parie...

Pendant que Madeleine, fuyant l'orage, regagnait sa cuisine, M. Mouillard, en deux coups de paume, releva ses cheveux blancs, — sa dernière coquetterie, — et s'engagea dans l'allée qui tourne autour de la pelouse.

Je me dissimulai complètement à l'abri des noisetiers. M. Charnot, me croyant derrière lui, marcha en avant d'une allure dégagée.

Mon oncle s'avançait nonchalamment, comme un homme que le poids des affaires accablerait, trop heureux encore de prendre une récréation d'une minute entre le client qui sort et celui qui entre. Mon oncle a toujours aimé qu'on le crût accablé.

— Serait-il possible? monsieur Charnot, de l'Institut!

— Moi-même, monsieur Mouillard.

— Et mademoiselle Jeanne, sans doute?

— Parfaitement, qui vient avec moi vous rendre votre bonne visite.

— En vérité, c'est trop aimable, beaucoup trop. Un pareil déplacement pour venir me voir!

— Rien de plus naturel, au contraire, au point où en sont ces jeunes gens.

— Ah! vous mariez mademoiselle, alors?

— Eh! sans doute, nous y pensons, dit M. Charnot en riant.

— Mes compliments, mademoiselle!

— Et je vous l'amène, monsieur Mouillard, pour vous la présenter : vous y avez droit.

— Oh! un droit! Pour ça, non.

— Mais si. Votre neveu devant épouser ma fille, et ma fille passant à Bourges, il est tout naturel que je vous la présente.

— Je n'ai plus de neveu, monsieur!

— Monsieur Fabien est chez vous depuis hier; il vous a prévenu.

— Non, je ne l'ai pas vu, je ne l'aurais pas reçu, je n'ai plus de neveu, vous dis-je, je suis un homme fini, un..., un..., un...

La voix lui manqua, son visage devint pourpre, il chancela, tomba lourdement assis, puis à la renverse, et demeura immobile sur le sable de l'allée.

J'accourus.

Quand j'arrivai près de mon oncle, Jeanne était déjà revenue du petit bassin où elle avait trempé son mouchoir, et humectait d'eau fraîche les tempes de M. Mouillard.

— Monsieur Charnot, je crois qu'il faudrait transporter monsieur Mouillard dans son lit.

— Eh! que ne le faites-vous! s'écria le numismate d'un air exaspéré. Je ne m'attendais pas à servir de brancardier, ici. Mais, puisqu'il le faut, prenez la tête!

Il prit les pieds. Madeleine marchait devant, Jeanne, derrière. L'immense corps de mon oncle se balançait entre moi et M. Charnot qui, portant dans ses bras arrondis à la hauteur de la taille les deux jambes de M. Mouillard, avait une allure d'employé des pompes funèbres.

En montant l'escalier, comme nous avions peine à passer, M. Charnot me dit, les dents serrées par l'effort :

— Voilà un voyage qui commence bien, grâce à vous, monsieur Fabien; recevez-en tous mes compliments!

Mais l'heure n'était pas aux discours. Un instant après, mon oncle gisait, toujours inanimé, sur le lit où nous l'avions couché; Jeanne aidait Madeleine à préparer des sinapismes avec une bonne grâce et une entente parfaites. Cela dura bien dix minutes, les longues minutes de l'attente du médecin. Nous étions inquiets. M. Mouillard ne donnait aucun signe de connaissance. Peu à peu, cependant, les remèdes commencèrent à agir : il remua faiblement les paupières. La vie reparut, et au moment où le docteur ouvrait la porte, M. Mouillard ouvrit les yeux.

Nous nous précipitâmes autour de lui.

— Mon vieil ami, dit le médecin, vous n'aurez pas au moins manqué de monde pour vous soigner. Voyons ce pouls?... Un peu faible... Et cette langue? Parlez un peu.

— Une émotion un peu trop forte, dit mon oncle.

Le docteur suivit la direction des yeux du malade, attachés sur Jeanne debout au pied du lit, se tourna de mon côté, puis reportant ses regards sur le visage de mon oncle, y vit couler deux grosses larmes.

— Oui, je comprends : une émotion trop vive, en effet, mon pauvre Mouillard. A notre âge, nous ne devrions plus avoir que celles de nos souvenirs.

— Mais les enfants se chargent de nous en donner d'autres, n'est-ce pas?

Des sanglots soulevaient la poitrine de M. Mouillard.

— Allons, mon ami, continua le médecin, je vous permets d'embrasser votre future nièce une fois et devant moi, pour que je sois bien sûr que vous n'abuserez pas de la permission. Après cela, plus personne ici, plus d'attendrissement, le calme absolu.

Jeanne s'avança, prit la tête du malade, la souleva.

— Voulez-vous m'embrasser, mon oncle?

Elle tendit sa joue rose.

— Vous, je vous aime tout plein, dit mon oncle en l'embrassant; vous, vous êtes bonne!

Puis, fondant en larmes, il cacha son visage dans l'oreiller.

— Retirez-vous tous, dit le docteur.

Il descendit lui-même, en nous rassurant sur la santé de M. Mouillard.

A peine eut-il fermé la porte de la rue que la forte voix de l'avoué tonna dans l'escalier.

— Charnot.

Le vieux numismate remonta les vingt marches.

— Vous m'appelez, monsieur?

— Oui. Je vous retiens à dîner. Je ne pouvais pas vous le dire tout à l'heure, mais j'y pensais.

— Vous êtes trop bon, monsieur Mouillard, mais nous partons à neuf heures.

— Je dîne à sept. Vous avez le temps.

— Ce serait trop de fatigue pour vous.

— Une fatigue? mais cela m'arrive tous les jours de dîner.

— Je vous promets, monsieur Mouillard, que nous viendrons prendre de vos nouvelles.

— Je peux vous en donner tout de suite : elles sont excellentes. Non, non, il ne sera pas dit que vous vous serez déplacé de Paris à Bourges pour me voir m'évanouir. Je compte sur vous et sur mademoiselle Jeanne.

— Sur nous trois?

— Avec moi, cela fait trois; oui, monsieur.

— Pardon, quatre.

— J'espère que le quatrième aura l'esprit d'aller dîner ailleurs.

— Voyons, monsieur Mouillard, votre neveu, votre pupille...

— J'ai cessé d'être son tuteur depuis quatre ans, monsieur, et son oncle depuis trois mois.

— Il désire tant la fin de ce dissentiment...

— Permettez que je me repose, répondit M. Mouillard, afin de mieux recevoir mes hôtes.

Il se recoucha, manifestant clairement sa volonté de ne plus ajouter un mot sur ce sujet.

Pendant le dialogue entre M. Charnot et mon oncle, auquel nous assistions du bas de l'escalier, Jeanne, joyeuse tout à l'heure d'une conquête qu'elle avait crue complète, s'était assombrie.

— Moi qui croyais qu'en m'embrassant il vous avait pardonné! dit-elle. Que faut-il faire, à présent? Venez à notre secours, Madeleine.

Madeleine, dont le cœur commençait à s'éprendre de Jeanne, cherchait, mais ne trouvait pas, et branlait la tête.

— Qu'il aille trouver son oncle? demanda Jeanne.

— Non, dit Madeleine.

— Eh bien, si vous lui écriviez, monsieur Fabien?

Madeleine approuva d'un signe, et, du fond de son placard, tira un petit encrier de verre, un porte-plume rouillé et une feuille de papier où volait une colombe, un rameau dans le bec.

— C'est ma cousine de Romorantin qui est morte avant le premier de l'an, dit-elle. Alors ça m'a fait une feuille de trop.

Je m'assis devant la table de cuisine, et j'écrivis, Jeanne penchée au-dessus de moi, lisant à mesure. Madeleine, attentive, debout près de l'horloge, oubliait ses fourneaux pour nous regarder de ses yeux noirs.

J'écrivis donc au-dessous de la colombe :

« Je suis parti de Paris, mon oncle, avec la résolution de mettre fin à un malentendu qui n'a que trop duré entre nous, et dont j'ai souffert plus que vous ne le pouvez croire. Il m'a été impossible de vous parler, depuis mon arrivée hier soir à cinq heures, jusqu'à dix heures ce matin. Si je l'avais pu faire, vous n'auriez pas refusé de me rendre votre affection, dont je reconnais que j'aurais dû respecter davantage les susceptibilités : vous m'auriez donné un consentement dont dépend votre bonheur à vous-même, mon oncle, avec celui de votre neveu,

» FABIEN. »

— Un peu trop solennel, dit Jeanne. A mon tour.

Et, à la suite, cette enjôleuse écrivit de sa main preste :

« C'est à moi, surtout, monsieur Mouillard, d'obtenir pardon. Je suis la plus coupable, et de beaucoup. Vous avez défendu à M. Fabien de m'aimer, et je n'ai rien fait pour l'en empêcher.

» Rendez votre amitié à votre neveu, retenez-le à dîner à notre place, et laissez-moi partir avec le regret de ne pas avoir été jugée digne de vous appeler mon oncle, comme il m'eût été si facile et si doux de le faire.

» JEANNE. »

Je relus les deux lettres. Madeleine pleurait en écoutant. Jeanne souriait du coin des lèvres.

Je dois à la vérité d'avouer qu'à peine hors du logis, pendant le déjeuner à l'hôtel et le premier quart d'heure qui suivit, je reçus de M. Charnot la semonce la plus vive et la mieux composée que j'eusse subie depuis ma tendre jeunesse. Elle se termina ainsi :

— Ce soir, à neuf heures cinquante-une, si la paix n'est pas conclue avec votre oncle, je reprends ma parole, monsieur, et nous rentrons à Paris.

J'essayai de combattre la conclusion. Ce fut en vain. Une petite moue de Jeanne m'avertit que je faisais fausse route.

— Soit, lui dis-je, je remets la cause entre vos mains.

Il était six heures quand nous revînmes à l'hôtel de France. Une lettre nous y attendait, dans le petit salon banal de l'entrée. Elle était adressée à mademoiselle Jeanne Charnot.

Je reconnus alors l'écriture flamboyante de M. Mouillard, et je devins blanc comme l'enveloppe.

M. Charnot, très nerveux, s'écria :

— Mais lis donc, Jeanne, lis donc !

Seule de nous trois, Jeanne souriait encore.

Elle lut :

« Ma chère enfant, je vous ai traitée bien familièrement peut-être, ce matin, dans un moment de trouble. Revenu à moi, je ne retire pas néanmoins les expressions dont je me suis servi : — Je vous aime, vous êtes bonne.

» Vous ne ferez pas revenir un vieux routier comme moi de ses préjugés contre la capitale. C'est déjà beaucoup que je rende les armes à une Parisienne. Ma nièce, je lui pardonne à cause de vous !

» Venez tous les trois ce soir.

» J'ai plusieurs choses à vous apprendre et à vous demander. Toutes ne sont pas gaies. Mais les tristesses seront noyées, je l'espère, dans la joie que vous apporterez à mon vieux cœur.

» BRUTUS MOUILLARD »

« Av. lic. »

Quand nous sonnâmes à la porte de M. Mouillard, Baptiste, le petit clerc qui sert à table dans les grandes circonstances, vint ouvrir.

Mon oncle nous attendait dans le grand salon.

Il nous embrassa tous. Du passé, d'ailleurs, de notre mariage même, pas un mot. Cette réunion, destinée à fournir l'occasion d'explications nécessaires, débutait par des banalités polies.

M. Mouillard donna le bras à Jeanne pour passer dans la salle, à manger. Jeanne était en verve. Elle posait cent questions sur Bourges, sur les bals, les modes, les œuvres de Bourges, sur la procédure même et le Palais.

— Je suis sûre que mon oncle sait cela, disait-elle.

L'oncle souriait chaque fois, le visage illuminé par une flamme, comme un manteau de cheminée quand le soufflet excite le feu. Il répondait, mais c'était pour retomber dans un abattement que son désir de bien recevoir ses hôtes ne parvenait à dissimuler qu'en partie.

M. Charnot, un peu las, un peu absorbé aussi dans l'appréciation des merveilles culinaires qu'avait produites Madeleine, jetait une interjection ou une remarque distraite dans les moments de silence.

Je connaissais assez mon oncle pour savoir que la fin du dîner ne ressemblerait pas au commencement.

En effet, au dessert, mon oncle, qui depuis quelques instants agitait circulairement dans son verre le vin de quelque château du Médoc, s'arrêta court, et reposa son verre sur la table.

— Mon cher monsieur Charnot, dit-il, j'ai à vous faire un pénible aveu.

— Eh! s'il est pénible, mon cher monsieur, ne le faites pas.

— Fabien, continua mon oncle, a eu des torts envers moi. Je n'y reviens plus. Ils sont oubliés. Mais j'en ai moi-même envers lui.

— Vous, mon oncle?

— Hélas! oui, mon enfant. Mon étude, l'étude héréditaire que j'avais promis à ton père de te conserver fidèlement...

— Vous l'avez vendue?

Mon oncle cacha sa tête dans ses mains.

— Hier soir, mon pauvre enfant, hier soir. J'ai été faible, j'ai succombé aux conseils de mon ressentiment, j'ai compromis ton avenir. A ton tour, Fabien, pardonne-moi.

Il se leva de table, vint à moi, et m'entoura de ses bras.

— Non, mon oncle, vous n'avez rien compromis, et je n'ai rien à vous pardonner.

— Tu ne prendrais pas l'étude si je te l'offrais encore?

— Non, mon oncle.

— Bien vrai!

— Bien vrai.

M. Mouillard se redressa, épanoui.

— Ah! tant mieux, mon garçon, tu me tires d'un grand ennui.

Il essuya du coin de sa serviette deux larmes nées en temps de guerre et qui continuaient à couler en temps de paix.

— Si mademoiselle Jeanne, avec toutes ses autres perfections, t'apporte la fortune, Fabien, si ton avenir est assuré...

— Mon cher monsieur Mouillard, interrompit l'académicien avec une satisfaction mal voilée, mes collègues me prétendent riche. Non, je possède seulement cette honnête aisance qui ne permet pas de tout avoir, mais qui ne laisse manquer de rien.

— *Aurea Mediocritas*, — s'écria mon oncle, enchanté de la citation; — ah! monsieur!... cet Horace!

— N'est-ce pas? Je disais donc que nous avons le pain assuré. Ce n'est pas une raison pour que mon gendre végète dans un repos qu'à mon âge je ne me crois pas encore le droit de prendre.

— Très bien.

— Il travaillera donc.

— Mais à quoi, s'il vous plaît?

— Il y a d'autres situations que celle d'avoué, monsieur Mouillard. J'ai étudié Fabien. C'est une nature un peu vagabonde, qu'une éducation spéciale eût faite artiste et qui, — faute de cette formation première, — restera simplement rêveuse.

— Je ne l'eusse pas si bien dit, mais je l'ai souvent pensé.

— Avec une nature comme celle de votre neveu, continua M. Charnot, le mieux est d'entrer dans une carrière où l'idéal ait sa part, non prédominante, mais suffisante, une carrière entre prose et poésie.

— Notaire, alors?

— Non, c'est tout prose : bibliothécaire.

— Vraiment? Bibliothécaire?

— Il y a des petites bibliothèques à Paris, monsieur Mouillard, silencieuses comme des bosquets, où l'on trouve des places tranquilles comme des nids. J'ai quelques relations dans les ministères, et cela ne saurait nuire, vous comprenez.

— Parfaitement.

— Nous placerons là notre Fabien, protégé contre l'oisiveté par le peu qu'il fera et contre les révolutions par le peu qu'il sera. Métier charmant, voyez-vous, car l'odeur seule des livres est intelligente; la respirer, c'est déjà vivre par l'esprit.

M. Mouillard baissa la tête, et reprit, après un moment de silence :

— Moi, Fabien, je regrette quelque chose. Vieillir seul ici, ce sera triste quelquefois. Mais, enfin, je me consolerai en pensant que vous rirez, vous autres, en vous recevant aux vacances...

— Faites mieux, dit M. Charnot, venez vieillir avec nous. Les années en seront moins lourdes, monsieur Mouillard. Cette jeunesse, qui n'est pas embarrassée des siennes, soulève toujours un petit coin des nôtres.

Je fus très surpris de voir que mon oncle ne se récriait pas.

— Il fait beau, allons au jardin, dit-il simplement, et vous jugerez si on peut quitter des rosiers pareils.

Content de lui, de moi, d'elle, de tous et du temps, M. Mouillard nous emmena au jardin.

Paris, 18 septembre.

Nous sommes mariés. Nous revenons de l'église. Les adieux sont faits à tous nos amis. Avant de partir pour l'Italie, dans deux heures, j'écris sur ce papier brun que je n'emporterai pas.

Jeanne, ma Jeanne, penchée, lit par-dessus mon épaule. Cela trouble mes souvenirs.

Il y avait beaucoup de monde à l'église. Les journaux nous avaient inscrits parmi les grands mariages de la semaine. L'Institut, l'armée, les gens de lettres ou de ministères étaient venus pour M. Charnot; les hommes d'affaires, berruyens ou parisiens, pour mon oncle; les plus heureux, les plus radieux après nous, ceux qui ne venaient là que pour Jeanne et pour moi, c'étaient le peintre ordinaire de mademoiselle Charnot, Sylvestre Lampron, qui a mis son joli dessin du Salon dans la corbeille de noces, M. Flamaran et Sidonie, Jupille, qui pleurait comme il y a trente ans, monsieur et madame Plumet, portant à tour de rôle leur fils en robe blanche.

Nous avons certes donné, Jeanne et moi, bien des poignées de main, mais pas autant que M. Mouillard. Rasé, cravaté avec un soin extrême, il tournait dans la foule comme une toupie, tirant toujours après lui quelqu'un qui devait le présenter à quelque autre. « Il faut bien se créer des relations quand on arrive! » disait-il.

Car il arrive, mon oncle Mouillard, il se fixe auprès de nous, quai Malaquais, dans un coquet appartement que Jeanne lui a choisi. Il le trouve délicieux, puisqu'elle l'a trouvé bien. Chez lui le vieil étudiant s'est réveillé tout à fait, et ne se rendormira plus. Déjà il connaît mieux que moi les lignes d'omnibus et de tramways, il parle de Bourges comme s'il l'avait quitté depuis vingt ans : « — Du temps que j'habitais la province, Fabien... »

Mon beau-père possède en lui le plus fervent de ses admirateurs, peut-être même un futur disciple en numismatique. Leur amitié me fait songer à celle...

— Vous permettez, Jeanne ?

— Oui, mon ami, puisque le cahier brun n'est que pour nous deux.

... A celle du rat de ville et du rat des champs. Tout à l'heure, comme nous rentrions à la maison, ils ont eu une conversation tour à tour mouillée et joviale, où leurs deux natures se rencontraient dans le même sentiment, mais aux deux extrémités de la gamme des nuances.

J'en ai retenu un fragment.

— Mon cher Charnot, savez-vous à quoi je pense ?

— Non, je ne m'en doute pas.

— Je pense que c'est bien curieux.

— Quoi donc ?

— De voir un bibliothécaire commencer par une tache d'encre. Car vous ne pouvez le nier : le mariage de Fabien, sa position, mon retour dans la capitale, tout est venu de là. Ce devait être de l'encre sympathique, qu'en dites-vous.

7286. — Coulommiers. Imp. PAUL BRODARD. — 7-26.

www.ingramcontent.com/pod-product-compliance
Lightning Source LLC
LaVergne TN
LVHW020327230826
846091LV00003B/784
9782329044163